小说馆
花城

琉璃夏

王哲珠 著

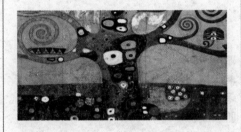

SPM 南方出版传媒·花城出版社

中国·广州

图书在版编目（ＣＩＰ）数据

　琉璃夏 / 王哲珠著. -- 广州：花城出版社，
2017.11（2021.4重印）
　（花城小说馆）
　ISBN 978-7-5360-8459-9

　Ⅰ.①琉… Ⅱ.①王… Ⅲ.①长篇小说－中国－当代
Ⅳ.①I247.5

　中国版本图书馆CIP数据核字(2017)第267558号

出 版 人：肖延兵
责任编辑：李　谓　王　凯　安　然
技术编辑：薛伟民　凌春梅
封面设计：□□□□□视觉传达

书　　名　琉璃夏
　　　　　LIULI XIA
出版发行　花城出版社
　　　　　（广州市环市东路水荫路 11 号）
经　　销　全国新华书店
印　　刷　北京一鑫印务有限责任公司
　　　　　（北京市顺义区北务镇政府西 200 米）
开　　本　880 毫米×1230 毫米　32 开
印　　张　7.75　1 插页
字　　数　180,000 字
版　　次　2017 年 11 月第 1 版　2021 年 4 月第 2 次印刷
定　　价　38.00 元

如发现印装质量问题，请直接与印刷厂联系调换。
购书热线：020 - 37604658　37602954
花城出版社网站：http://www.fcph.com.cn

自　序

王哲珠

这是我少年时期的狂想曲，那些想象天马行空，绚丽如盛夏之光中的琉璃，奇特浮夸得像梦境。对人世对外部世界最初的认知，少年盲目地自信又莫名地自卑，对未来各种期待，永无止境的好奇，毫无来由地相信与怀疑，那注定是自由又充满试探的时光。我坚信这段时光是人生的入口，将化为无形的手，指点以后岁月的方向与选择，有如隐形的磁场，是力量也是禁锢。我企图用文字理清它，寻找它。

自有机会看书以来，我读了无数童话，无数次被童话感动过温暖过励志过，有段时间，我成了被笼罩在阳光下的"柔软体"。慢慢地，这种柔软让人疲倦，意识到那种"阳光"的温度带着虚假感。那些单维度的童话化成一张膜，隔在心灵与现实世界之间，否认了怀疑、暗色、硬度与复杂。最初的野心是刺穿"童话"这张膜，抵达更真实更有质感的东西，走出虚假的光线与暖意，触摸原本存在的寒冷与尖锐。我们的少年时光不应只被裹护在温吞的童话里，我们更需要有了解内里的勇气，面对真实的理智，触碰人世坚硬的准备，当我们转身面向暗色，阳光正支撑着我们的后背。

这是一部揭穿童话的童话。

另一个重要的命题是沟通。很多时候，亲近人之间的情感反带着羞愧感，交流莫名的艰难与词不达意。父与子之间的对话古老而永恒，触碰这个话题有流于庸常的危险，且有永远到不了彼岸的悲剧感，但这命题是如此重要，不单是父与子，更是上辈与后辈，过去与未来，保守与反叛的对话。这种对话可以牵扯出很多东西，如果能够撑开，将变成复杂的立体迷宫，在这个迷宫里，你永远不知道，也永远期待下一个拐角会有什么，这是迷人的。我愿意为之尝试，即使尝试或许是徒劳的。直接的对话是生硬而困难的，我试图找一条路径，在虚与实进行间接交谈，以从现实进入最终走向离奇的沟通方式，寻找的是另一种可能性。另一个野心是，这种对话的可能性形成表达新的可能性，塑造文本新的可能性。

当这文本出现时，我反而陷入迷茫，不知笔下出现的是什么样的文本，是反童话的童话？是成年人放不下的过往疯狂？是叙述方式与文本的另类尝试？写给少年？写给成人？写给自己？甚至只为了写本身？

一

阳光一定等了我很久，我丢下笔跑出教室时，它朝我脸上拍了一巴掌，弄得我额头一烫，眼睛眯起，嘴巴大张。我想大喊，突然发现外面很静，监考老师还没离开教室，同学们在交试卷和收拾书包，所以还不敢启动尖叫程序。跑出教室的除了我，还有魏梓生。他在教室后门边，歪着脸看我，我转开脸，感觉没那么高兴了。我不想回教室，故意抬头盯着太阳，心情又好起来了，我在太阳里看到暑假两个字，呼呼地烧着，比玻璃还亮。我朝那两个字挥挥手，头晕起来，看见一片晃来晃去的黑，不过，暑假两个字还是亮的，浮在黑上面。

我冲向操场，东西丢在教室。在操场跑起来，眼前还是黑的，可是地上的阳光又干又脆，被我踩得沙啦啦响，暑假两个字吊在半空，逗我去追，追着追着变成夏天两个字。夏天开始了。我举起手大喊。

爸爸说夏天早就开始了，说还没换上短袖就闻到夏天的味道了。

每年我都要跟他争辩，我认为暑假没到夏天就不能算到来。

你不热吗？妈妈笑我傻，这么热不是夏天还能是冬天什么的。

热就是夏天？要是钻到空调房里，当然可以骗自己是春天冬天什么的。

妈妈拍拍我的后脑勺笑笑，好像我是一个白痴，她不想费心再说什么。我扭了下脖子，很生气。

爸爸拍拍手说，我懂，小申有小申的夏天，开学第一天就开始想暑假了吧，像我，星期一上班就想着周末。

妈妈瞪了爸爸一眼，爸爸呵呵地耸了下肩。

我笑起来，爸爸说得有点夸张，可我是喜欢的。爸爸时不时会变得不太靠谱，比如他总能闻到别人闻不到的味道，什么夏天的味道，什么雨水淋在草叶上的味道，煮稀粥的炉灶烧木柴的味道。有一次我们去超市，回来时逛进一些巷子，他看到墙角缝长了一棵草，蹲下去听了好一会，说听见那棵草在唱歌，硬要我也听一听，让我问问小草从什么地方来的。我吓坏了，不过觉得好玩，而且，不用爸爸交代，我不会告诉妈妈，她要是知道，会盯着爸爸看半天的。

我一定跑了快十圈，比体育老师要求的还多两倍，要不然，腿不会这么轻这么软，好像变成了棉花糖，可一会又重得提不起来，太阳肯定掉下来贴在我背上了，把我身子里的水都烤成了汗。我在操场边坐下，好像坐进一团热气，忽然发现爸爸说得没错，夏天是有味道的，现在我就闻到了，浓浓的，有点像面包的香味，应该是金黄色的。我闭上眼睛，觉得要是弯起手指弹一下，夏天肯定会当当地响。

到了家，我扔开书包，冲进爸爸房间，看着他。果然，爸爸点点头，说，你的假期你安排吧。我只尖叫了一半，看见妈妈，她没说话，看看我，又看看爸爸。妈妈肯定有意见的，对爸爸也对我，爸爸冲我扬扬下巴，我把后面半声尖叫收好，退出房间。爸爸妈妈在房里说话，嘀嘀咕咕的，一会，妈妈走出来，让我先去喝水，没提刚才的事。我趴在门外，脸伸在房门口，冲爸爸做鬼脸。妈妈就是管得严，不过，比起其他同学的妈妈，算放松多了，至少总是被爸爸说服。

我起床时闹钟指向十点，爸爸妈妈已经上班，爷爷在客厅冲我笑，他坐昨晚的夜班车来的。我吃着面包，一小口一小口地咬，一下一下地嚼，能多慢就多慢，不这样我觉得不算放假，其实我七点就醒了，听见上班的爸爸妈妈和爷爷告别，可硬让自己睡到十点。那么早起床，不是浪费暑假了吗。可十点起床我不觉得高兴，不知道赖到十一点起床会不会高兴一点。

吃完面包我就玩游戏，天啊，不用限时间的，我冲电脑大吼一声，大侠我来啦。爷爷从厨房跑出来，愣愣看我。我指指电脑，让他放心。爷爷不太爱说话，弄得我习惯和他打手势。

爸爸妈妈下班时，我站起身，晃了一下，力气好像都在游戏里打光了，我看见进门的爸爸妈妈变成游戏里两个金刚，想冲上去比试一场，可我的头痛起来，痛得晚饭都吃不下。饭虽然吃不下，可是电视是能看的，拒绝妈妈要我去床上躺躺的建议，肯定地告诉她，看电视头就不痛了。于是，整个晚上，电视播的都是我爱看的节目。

要是写日记，暑假前三天的日记肯定一模一样，睡觉，游戏，电视。还有什么呢，脑里总有点晕晕，脖子上像顶着泡沫。

第四天，我终于接受爷爷的建议，和他去了一趟市场，回来后，习惯性地开了电脑，可很久没动。我打电话给好朋友许宙，谈了很久。放下电话，我才发现我们一直在谈一个游戏。我在房间里走来走去，甩着脑袋，想把一头泡沫甩掉。这时，我看见书包，决定收拾一下。我翻开书包，所有的东西倒在地上，让房间显得很乱，弄得很忙的样子，图画本滑到我脚边，我拍拍脑袋，哈哈笑起来，怎么忘了它。

图画本的封面用花体字写着：自由的小飞。考试前两个星期写的，那时，我刚做完一张语文试卷，扔开一张还没做的数学试卷，摸出这个本子。几分钟，我就构思了一幅漫画，主人公叫小飞，是世上最自由的人，想做什么就做什么，想不做什么就不做什么。这漫画画出来肯定大受欢迎，而且，我觉得只要动笔，一定画得很快，不是说因为我学过画画，漫画拿手，而是我想做的事，想不做的事那么多，肯定下笔就流出来，它们吵着嚷着挤在我脑子里，弄得我不知先画什么。我着急地削了铅笔，刚摆好本子，妈妈进来了，我拉了下数学试卷，盖住图画本。图画本我带到学校，总没时间也不敢画，拖到现在还没开始。现在，能好好画自由的小飞了。

削铅笔时，我脑袋里的泡沫不见了。

　　画到爸爸妈妈下班，吃了晚饭，继续画到睡觉前，我痛痛快快画了半本，全是小飞最想要的自由，也是我最想要的自由，不，一定是所有跟我一样大的孩子都想要的自由。

　　上床前，我翻着画好的半本漫画，发现小飞真是又自由又痛快，可要一直这样画下去，他总跟我现在一样，老是十岁，永远不会长大，我怎么忘了这个？长大是多么重要，我做过的梦里，十个里面有一大半是自己已经长大的，长大是自由里最重要的，明天，我得让小飞长大，长大后的小飞会更自由。

　　第二天我起得比爸爸妈妈早，牙没刷就动笔画，赶在早饭之前让小飞长大了。吃过早饭，我让长大的小飞继续自由下去。

　　我以为，这本漫画一定会没完没了画下去，因为小飞想要的自由——不，我想要的自由一定是没完没了的。可午饭后我画得不那么快了，爷爷午睡醒来，我竟宁愿跟他去小区走走，爷爷很少说话，走得又那么慢，时不时停下来看看花，看看树，我一向觉得闷，难道说画漫画比这个还闷？我吓了一跳。不是的，一定是手画酸了，只是想歇一歇，画自由，不可能闷的。明天就要回学校领家庭报告书和成绩单，到时，我采访一下同学的暑假安排，他们一定会告诉我更多想要的自由，漫画就能继续了。

　　我问了那么多同学。谈起暑假，很多同学的声音变尖了，围了一群，又嚷又喊，都想了一堆的事，我飞快地记着。那些不嚷不叫的，不用问就知道，他们的爸爸妈妈已经安排了补习班或特长班之类，上完那些班他们的暑假才开始，可那些班什么时候会结束，天知道。这些同学我不会放过，我问他们想干什么，如果他们自由的话。听到自由，他们兴奋起来，好像没听到如果两个字，把想做的事哗哗倒给我，写得我手都痛了，要是能先拿个盆子盛起来就好了。我想，自由的小飞肯定能画成好几本。

整理学校带回的暑假计划和自由时，我沮丧地发现大都是画过的，没什么新奇的东西，不要人管，没人限时间，打游戏、看电视、睡懒觉、旅游、夏令营、各种运动、找朋友玩、去乡下、看书、特长班……

我翻了一下漫画，长大后的小飞还是做这些事，跟没长大一样，一直想的长大就这样？我突然想哭。我不想待在自己房间，跑到爸爸书房，他在制一些什么表格，我想跟他说的话跑光了，只不出声地坐着。

小申，怎么了？爸爸挪开笔记本电脑，问。爸爸就这点好，很快会发现我闷了，也会听听我的事，把我的事当正经事，不像有些同学的爸爸，不把小孩的事当回事。每年暑假，爸爸还专门腾时间，带我和妈妈去旅游，这是我夏天里最高兴的事，可现在想起这个，我也高兴不起来。

无聊。我说。

冯正申，这么点人说什么无聊。妈妈刚好端茶进房，立在我面前，这几天我们太放任你了吧。妈妈喊我冯正申的时候，表示已经严肃了，我想我还是识相地走开。

无事可做？爸爸离开椅子，喊住我。

有很多事。我闷闷地说。

不过，都不太想做吧。爸爸朝我挤挤眼，我有时候也这样，一起想想有什么好办法。他冲摇着头走出房间的妈妈笑笑，让她别管我们。

不去找你的好朋友？

找朋友也这样，也是做这些事。

爸爸双手一拍，好像拍出一个绝妙的主意，他自己被这个主意激动得走来走去，弄得我脖子老长。

给你看一本书。

爸爸，太没创意了。我差点想说他太幼稚了，我的书有多少他不是不知道，名著、童话、漫画、百科全书、作文选……还缺什么书？我是喜欢看书没错，可这时也没了感觉。噢，是的，没感觉，我突然觉得这真是个好词，以前看书或听歌里总有这个词，从没真正明白什么意思，今天突然有"感觉"了。

这不是一般的书。爸爸信心十足的微笑。

一本天书？我鼻子哼着，可忍不住好奇了，会不会真是一本怪书，比如绝世武功秘籍或是制造诸葛亮的木牛流马之类的书。我站起来看着爸爸。

不是天书，是人写的，写人的书。

我又坐下去。

是写一个男孩的，和你一样大，而且不是出版社出的书，是手写的。

男孩自己写的？我有点兴趣了。

这个男孩高中毕业时整理自己小时候的日记，整理成一本书，写的是男孩的夏天，他的夏天绝对跟你——不，你们，完全不一样。

我想看，现在就看。夏天能做的事，我都列出来了，那男孩的夏天还能有别的什么，我认为爸爸在卖关子。

爸爸引我到书房里角，拉开书架最下面的格子，开始往外拿书。拿出那么多又旧又脏的书，我不耐烦的时候，终于搬出一个小盒子，也旧得好笑。打开盒子，爸爸拿出一个本子，这本子更好笑了，硬纸板做的封面，又黄又旧，但这种书我确实没看过，好奇得脑门发热。

琉璃夏。硬纸板封面上用毛笔写了三个字。

一个男孩的夏天?

跟你一样大的男孩，跟你不一样的夏天——别让妈妈看到，要说不是正经书的。

哥们嘛。我和爸爸碰了碰拳头，两人间又多了一个秘密。

二

午饭后，阿午半边身子刚闪出篱笆门，就听见阿绿和春顺的声音，阿午阿午地喊着。在摇井边洗碗的阿姐子如抬起头，呀了一声，阿午，你去哪，把灶间门口的番薯藤择好再说。阿午吓了一跳，退回去，沮丧地跺着脚，好不容易从阿姐背后溜过，差一点走成了。他扬起手，准备给春顺一拳头，阿绿是女孩，这次先放过。

阿午，你快跑；子如姐，你也快跑。春顺边冲进门边喘着气，阿午的手愣在半空。

阿绿摇着阿午的胳膊，阿午，来了，他们来了。

鬼叫什么。子如的手从盆里伸出来，甩了春顺一身，阿午，你又干了什么事。

子如姐，不是阿午惹的事，是你阿爸阿妈惹的事。

子如唰地立起身，阿午呆了，春顺下意识地说，那抓阿午做什么。

对噢。阿绿拍了下手，春顺傻了，不是抓子如姐和阿午的，他们来抓你家东西，是乡计划生育大队的，进寨了，正在问你阿爸阿妈的名。

阿午，搬东西。阿姐手一挥，搬了身下的矮板凳堵住篱笆门，阿午跑进屋搬高板凳。

快呀。阿绿尖叫一声，不让他们进门。她去拖院里的长竹竿，春顺一起拖。

他们来了，三四个人，树安树安地喊着。

我阿爸不在。阿午把高板凳堵在篱笆门边。

他们推开篱笆门，两张条凳倒成一堆，春顺和阿绿拖着竹竿横在院里，那些大人中的一个用手提了一下，就把竹竿拿过去了。

阿姐拦在几个人面前，跳着脚尖叫，出去，我阿爸不在，我阿妈不在。

你阿爸阿妈去哪了？

阿爸去做工，阿妈去走亲戚。

哪个亲戚？一个人问，半弯着腰，笑着，他觉得从阿姐嘴里能得到答案。

不知道，不知道。阿姐辫子甩得啪啪响。

不用问，小孩早教好怎么骗人的。他们中的一个说。绕过阿姐，往屋里走。

阿姐跳到他们前面，伸长双手，阿午也跳上去，也伸长双手。

不知道就是不知道。阿午鹅一样抬头伸脖地喊。他很想往这些大人脸上打几拳，他们那样看来看去的，是什么意思，他和阿姐是真的不知道。

几个月前，阿妈就不在家里住了，她让阿姐和阿午好好看家，好好念书，阿爸出门做工，她要去外婆家住几天。

阿妈你去吧，我和阿姐肯定会看好家的。阿午差点笑出声，阿爸不在，阿妈也不在，虽然阿姐会管着他，可他有法让她管不住，阿午头脑里立即浮现一连串的活动，这几天一定要痛痛快快地耍，阿嬷说得真好，孙悟空出五指山了。后来，阿午才知道不只是几天。

那晚半夜他起床撒尿，看见隔间还亮着灯，阿妈说，我的身子遮不住了，最近风声又紧了，真要生？

什么话？哪有不生的？阿爸说。

他们不让生的。

孩子是我们的，我们说了算。

要生的话，家里住不下去了，隔乡一个女的，八个月了，还硬让流掉了。阿午听见阿妈的声音在抖，好像冷极了。

别在家里住，明天就走。

好，生下来，我先去阿妈家住。阿妈好像一下子不怕了，干干脆脆，先待两个月再说。

阿妈要走这么久，阿午白天的高兴不见了，不知哪来的勇气，他迷迷糊糊推开门，问，阿妈为什么不在家里住。

阿爸和阿妈好像呆了呆。阿妈笑起来，住一段就回家。

为什么要跑？阿午不明白，你们还要一个孩子。他觉得阿爸阿妈贪心，家里已经有阿姐和他两个了。

那是你的弟弟，或者是妹妹，能不要？阿爸蹲下身，扳着阿午的肩，盯着他的眼睛。阿午愣住了，阿爸很少说话的，他习惯阿爸只用眼色管他和阿姐，阿爸这么说话，声音这么轻，很怪。但阿午觉得阿爸说得对，弟弟，或妹妹，怎么能不要。虽然阿姐总是管他，打他，他火气来了常要和阿姐打一架，可要是哪个外人敢动阿姐一下，他会把那人打趴下。

阿妈在外嬷家住了几个月，前些天回来了，阿爸也一块回来，晚上进的门，让阿姐把饭给她端到正屋，自己不出屋。半夜了，阿午和阿姐都不睡，待在阿爸阿妈屋里，阿爸阿妈也不催他们，边收拾东西边交代这交代那的。阿姐说，只要阿午不惹事，家里就好好的。阿午直瞪他，阿妈却信了她的话，又专门交代起阿午。

阿妈还去外嬷家？阿午扯开话题。

不去外嬷家了。

去哪？

小孩别多嘴。阿爸应了一句。

阿午不再问了。

屋里静了一坐，阿姐问，阿妈多久回家？

阿午看见阿妈的手抚了一下肚子，晃着头笑笑，说不定的，该问这小家伙吧。

不知怎么的，阿午突然有点不高兴，他希望阿妈那只手放在自己头上，冲自己笑笑，但他很快害羞起来，要是阿妈真把手放在自己头上，他一定会扭着身子跳开。

阿爸提着一个包，扶着阿妈连夜走了，那天晚上真黑，他们一出篱笆门，阿午就看不见他们了，只听见他们脚底下沙子的声音，还有阿妈轻声说，阿午，要帮阿姐干活。

直到现在，阿爸阿妈都没回过家，阿姐说得没错，阿爸去做工了，阿妈不知在哪里。这些大人凭什么说他们骗人，姐弟俩张手张脚挡着，要讨个说法的样子。阿绿跑过来和阿午立在一起，也伸长了手，春顺顿了顿，也立到一起。

几个大人相视着笑了笑。

阿午火气冒起来，高喊，别进我家。

几个人摇摇头，绕过阿午他们，往屋里走，好像阿午他们只是一排碍脚的椅子。阿午跟进屋。几个人在屋里绕了一圈，像不知动什么。走之前，阿妈担心过，阿爸说了，这屋里能有什么，他们要让他们搬去。阿午冲阿姐丢眼色，想把阿爸的话告诉她，让她放心。但其中一个人的手按在衣橱上，说，就这个。

立他后面的阿姐扯住那人的胳膊，扯得他的上衣歪了。阿午嗷的一声扑上去，扯住他另一只胳膊。那人用力甩着，懊恼地骂，这两个鬼仔，放开。阿姐更用力，扯掉了他一只扣子，阿午吊在他脖子上。其他三个人把抱着衣橱的春顺和阿绿赶开，动手搬，阿姐和阿午放开抓着的人，扑过去护衣橱，已经护不住。阿姐哇地哭起来，扯开衣橱门，把里面的衣服往外扒，阿午立即学着阿姐的样子，伸长胳膊抢衣服。

衣橱被搬到院里，几个人又转向猪栏，说这猪长得差不多了。说着摸出一根长绳。阿姐啊的一声朝拿绳子的人撞去，嚷，敢动我的猪，我打死你。那个人被撞得退了几步。阿姐的样子吓了阿午一跳，他忘了喊，愣站在那里，猪是阿姐从猪仔养大的。回过神后，他去抢那条绳子，那个人生气了，吼，别闹了。

阿姐低了脖子，还是往前撞。

别闹了，再闹找你阿爸阿妈——那人想了想，改口说，找你老师，你念几年级？哪个老师教的？校长我都熟的。

阿午看见阿姐往后缩，张着嘴巴，可一点声音也没有了。他很奇怪，那个大人怎么知道阿姐怕这个。阿姐爱念书，早上坐在灶前烧饭，给猪喂着食，嘴里都边念着书的。阿午觉得阿姐傻，可阿姐朝他哼鼻子，说他不懂，书那么念着多好听，比唱歌还好听。择着花生，阿姐把花生倒在地上，做起算式来，一个下午择不到半篮花生，阿妈骂了好几次。阿姐说她最想开学又最怕开学，开学了她能坐到教室去，捧着书念，手里不用烧火也不用剁猪菜，可这几年家里刚盖了两间屋，一开学阿妈就叹，又交学费。听这话，阿午是没什么反应的，手头做着什么事还做着什么，阿姐会放下手头的事，不出声地走开。她知道，开学时她进教室前该先进老师办公室，对老师说学费拖一段时间。老师点点头让她先进教室，其实这种事老师见多了，要求拖学费的学生不是一两个，可阿姐总觉得只有她一个，在教室里垂着头，走路垂着头，念书的声音也不那么响了。阿午曾笑她，阿姐你真呆，又不是你一个拖学费。阿姐看了他一眼，不说话。阿午不习惯，要是别的事说阿姐呆，她一定要在他胳膊上掐一下，但现在她骂都不骂一句。阿午语气正经了，说，反正阿爸阿妈会交的。阿姐还是垂着脖子，阿午说得对，总会交的，不过这一拖总会拖半个学期。某次出门的阿爸回来，阿妈提了一句，子如和阿午的学费还没交。阿爸会吃惊起来，还没交？不是先挪出钱了？阿妈会说先还给益明老伯或绣花婶了，益明老伯要娶媳妇，绣花婶要修屋顶；有时，阿妈说买肥料了，不买的话，稻子没法再长了。阿爸就沉默，半天后，说，明天就交，以后这个尽量先交。交过学费后那几天是阿姐最高兴的日子，也是阿午最高兴的日子，因为他把家里全部的活留给阿姐，她也干个不停，忘了骂他。

现在，阿姐不喊不叫了，跑到猪栏前，想护住猪又不敢挡那个人，那个人是认识校长的，有本事让校长把她赶出学校。阿姐缩在猪栏一角，朝猪努嘴使眼色，好像让猪藏起来。

关于念书的事阿午是不怕的，当然，老师他是有点怕的，但老师要是问，他会把事情说出来，这几个大人跑进别人家里抢东西，抢猪，不让他弟弟或妹妹出生，这是对的吗？他们还是干部呢。阿午有信心，老师凶是凶，但道理还是讲的。他再次扑上去，瘦瘦的身子吊在拿绳子的那个人脖子上，冲着他的耳朵大喊。那个人抖着身子，朝其他人嚷什么，另一个人过来，把阿午扯下去。

我要去打死你家的猪，今晚就去。阿午哭喊着。

他们拿竹竿赶猪，把绳子套在猪身上，往外拉，猪尖声大叫，屁股抵在墙角，被拉得挪了两步又往后缩。院门外围了很多人，手指点来点去的一直在说话，他们拉猪的时候，说话声变得又响又密。那几个人中的一个扯着嗓门说，违反计划生育政策，人跑掉了，拉走猪是轻的，还没拆屋顶哪。篱笆外的声音低下去。

那些人继续拉猪，除了按住阿午的那一个，其他三个人一起扯绳子，猪叫得愈大声，可是蹄子滑动了，屁股从墙角被拉出来了。阿姐哇哇哭着，可她没扑上去，她一定还想着念书的事。

阿嫲来了，阿绿喘着气站在她身边，她把阿嫲找来的。阿午觉得没用，阿嫲这么老了，打又打不过他们。阿嫲不骂人，也不跟他们打，只是朝他们走过去，阿午看见他们的表情扭来扭去的有些奇怪，松了绳子。

把我抓去吧。阿嫲说。阿午觉得她脑子坏了。

丽容婶，这是政策，你也知道。他们对阿嫲笑笑。

阿嫲点点头，是的，政策，我们家哪敢不听政策——全抓吧，猪抓走，人也得抓走，反正猪没了，东西没了，人也得饿死。

阿嫲的话很怪，阿午听不懂。奇怪的是，这些话好像很有用。

丽容婶，你说重了，你还是让树安把人带回来，家里不是有两个孩子了？一男一女，最合心意的。

合心意？阿嫲揾着鼻子，手背去抹眼泪。他们松开了绳子。

临走时，他们搬走了衣橱，留下话，让树安快点带人回来，不然，猪还是得拉走，屋顶也要拆的。

人慢慢退去，春顺悄悄对阿午说，隔寨真有人家的屋顶被拆掉的。

阿姐往猪槽舀了猪食，嘴里喷喷响，哄它吃，给它压惊。阿午走进屋子，阿嫲蹲在地上收拾从衣橱扒下来的衣服。阿午蹲下去帮着收拾，他今年的暑假就这样开始了。

三

阿嫲把屋子里里外外整理了一下，交代阿姐喂好鸡和猪，两人弄点东西吃。说完就要走，阿午紧张起来，阿姐扯住她，阿嫲，他们说猪还要牵走，屋顶还要拆的，阿爸阿妈不在家。

阿嫲拍拍阿姐的手，不会，你和阿午好好看家就成。

阿姐不放开阿嫲。

不会的。阿嫲点着头又说一次，他们欠我们家的。

阿嫲的话又怪了，阿午一点也听不懂。后来他问过阿妈，阿妈也答得含含糊糊，说这个只有阿爸知道，又交代阿午不许去问阿爸。阿妈不用交代，阿午也不敢问的。阿午长大之后，阿爸的沉默已经变柔软，一次闲谈中，阿午问起儿时的疑惑，阿爸回答了，还是很笼统，只略略提到什么阿公被划地富公，受屈去世，阿午本该有个四叔的，可在阿嫲肚里就没了，那几个去我家的人当年都和这事有关系。阿午没再问，成人的他已经听懂了，儿时的事情在一瞬间明了。

那时，阿午追问阿嫲，为什么不会，他们欠我们家钱吗？

小孩子别管那么多。

阿嫲不在这吃？阿嫲走出篱笆门，阿午追出去。

你三婶那边等着我，阿午，要帮阿姐干活，别顾着耍，我抽空就过来。阿嫲把篱笆门关上。

阿嫲没法留下，阿午是知道的，三婶刚生了一个堂妹，没满月，三叔这几天又去隔镇干活，阿嫲肯定要去三婶家过夜的。阿午突然不喜欢家里只剩他和阿姐两个人。

春顺和阿绿邀阿午出门，阿午摇头了。他择好阿姐交代的番薯藤，和阿姐一起担水给屋后的菜园浇了水，阿姐熬猪菜时，他喂了鸡，把鸡赶进鸡笼。阿姐喂好猪时开始煮粥，让阿午扫屋子，阿午拿了扫把就扫，不推也不躲。两个人的粥，阿姐很快煮好了。两间屋子很窄，阿午也很快扫好了，连从不肯扫的灶间也一块扫了，扫的时候，阿姐惊得嘴巴张那么大。

今天家里的活变少了，阿午和阿姐很快做完了。猪吃过，在猪圈里角睡了，阿姐说它今天累了。天只有一点点灰，离晚上好像还很久，阿姐没有提吃晚饭，阿午也不觉得饿。阿姐坐在门槛，把辫子上的橡皮筋扯下来，在指上扭来扭去。阿午屋里屋外转了几圈，也在门槛坐下。阿姐问，你不去找阿绿大果他们？阿午把阿姐手上的橡皮筋拿过去，也在指上缠来缠去，摇头，他们家都要吃晚饭了。

两人不说话了，这时，天一下子黑得快了，篱笆外的竹林变得灰蒙蒙，接着，篱笆也模糊了。阿午和阿姐经常两人看家的，早习惯了，现在，阿午又不习惯起来，他看得出阿姐也很闷，是不是因为白天的事？阿午把橡皮筋扯断了，阿姐没发现。天已经黑了，两人没进屋开灯，也忘了还没吃晚饭。

自阿午能记得事情开始，阿爸总是在外面干活，他是一个油漆工，到处给人油漆桌椅眠床，在供祖桌、眠床、衣橱上画花草虫鱼仙翁天女胖娃娃，有钱人家大梁、大厅四沿、屋角都要画画的，画八仙过海仙姬送子之类的。听寨里人说阿爸画工好，有点名气，城市里有些人专门请他去家里画。要是阿午在场，他们说这些话时就会盯着他，可阿午觉得他们说的像是别人的阿爸。阿妈是在家的，可阿妈忙，家里的活，田里的活。阿姐长到能帮忙的时候，阿妈把家里的活安排给她，自己专管田里的活，要是忙得过来，她还要种些花生和番薯到镇上卖，说早些把盖屋子的钱还上。阿午觉得盖屋子的钱好像总还不完，阿妈说阿午出生前家里一间屋也没有，借公家的牛间住，她提到那年大着胆子借钱买下这块地皮，好几夜睡不着。后来又借钱盖屋，再后来当然是还钱了，有些人欠得太久，就先向另外的人借了先还……阿午被阿妈绕得很晕，问阿妈盖屋子做什么，有牛间住也行的，他觉得"还钱"长了脚，一直追着阿爸阿妈跑，弄得他们很累，弄得他和阿姐总看不清他们的样子。阿妈笑，那是牛间，还是跟大队借的，不是我们家，一家人怎么能没有屋子。

阿妈总在田里忙到很晚，像不知道天黑了。阿午和阿姐坐在门槛上，灰黑从天上一层一层掉下来，他们看着竹林，竹林边总看不到阿妈挑了担拐过来的影子。阿姐把猪和鸡都喂好了，它们不出声，阿姐也不出声，一只手揽着阿午，阿午开始玩着画片，后来天黑得看不清楚，他晃着阿姐，怎么不开灯。阿姐说又不进屋，开了浪费。阿午玩腻了，也没再缠。蚊子在头顶和脚边嗡嗡嗡一片，阿姐的手在阿午胳膊和腿上啪啪拍着，摸到一个突起的小包，就用手指沾了风油精抹上。阿午不知第几次地问，阿妈怎么还不回家？

快回家了。阿姐总指指竹林边的路，阿午再次伸长脖子，看到一片灰黑。

阿午说，饿了。

阿姐走进灶间，盛了粥，放了些炒鸡蛋，淋上酱油，让阿午先吃。

连吃两碗后，阿午安静了一会，凭着记忆把画片在手里叠来叠去的。

天全黑了，阿午又问，阿妈怎么还不回来，她看得到路吗？

阿妈去挖番薯，明天要去卖的，快好了。阿姐拿花生给阿午吃。

蚊子不住咬阿午的脸，他双手扫着头脸，扫得鼻子脑门热烘烘的，嚷着，阿妈是不是回不来了？

乱说，再乱说话我打你。阿姐推了阿午一下，阿午感觉到阿姐怪怪的口气，是生气了，不敢再出声。长大以后，阿午才意识到当时阿姐要哭了，但她咬着哭腔，不让他听出来。阿午想，那时关于阿妈，不说话的阿姐肯定想象了很多可怕的事情和画面。

阿午哭起来，说蚊子咬得他全身包，他要去找阿妈，好像阿妈能让蚊子听话。

我们去找阿妈，还能帮忙拿点番薯。阿姐关了屋门，挎了一个竹篮，一手拉了阿午走出篱笆门。他们在门外立了一会，竹林成了一片黑影，竹林边的路像一条浅一点的黑带子，走过竹林边这条小路，就到田野，一直走下去，会到家里的番薯地。路他们是很熟的，可这两段路好像被夜拉长了，长得他们心里没底。

他们走着，一步一步小心翼翼的，平时，阿姐和阿午夜里出过门的，找寨里的孩子耍，闭着眼睛都能走，可今天好像特别黑，睁着眼比闭着眼还害怕。阿姐揽住阿午，阿午听见她又响又急的喘气声，又听见竹林被扯得哗哗啦啦的，他觉得黑暗像一个大盒子，把他和阿姐装在里面，盒子被什么压着，愈来愈小，要把他们压扁了。

阿姐，有鬼吗？阿午缩着脑袋问。

你再乱说。阿姐在阿午胳膊掐了一下，我不带你了，你回家，我自己去找阿妈。

阿午感觉阿姐的手放开他，他像被黑拖住了，要往一个更黑的洞里拉，他哭起来，阿妈，阿妈……

别哭，别哭。阿姐跳着脚，重新拉住阿午，说，我们在这等阿妈好了。

两人立在黑里，望着不知是近处还是远处的黑，那黑一动不动，许久没有一点影子晃动。

阿午说，我要回家。他觉得困了。

这次，阿姐没说话，揽着他往回走，两人的脚步都很急，渐渐地慢跑起来。

关上篱笆门时，阿午直窜进院子，阿姐进屋点了灯。阿午准备进屋时，阿妈喊着开门，她挑着一担番薯，喘得厉害。

阿午扑过去开门，呵呵呵地笑起来。

阿姐从屋里跑出来，呜呜呜地哭起来。

那时，阿午觉得阿姐好傻。现在，阿午和阿姐坐在门槛上，突然想起这些，他甚至算了一下，那时自己差不多五岁，那阿姐就是七岁。这个黄昏，是阿午第一次回忆日子，在那之前，他从不回忆的。

天全黑了，阿姐说，阿午你先吃，还有半条熟鱼，你淋点酱油。

我不，两人一块吃。阿午突然说，等不到阿妈的，阿妈不知在哪里。

阿姐静了一下，说，一块吃。进屋拉了灯泡。正要盛粥，阿姐又说，炒个鸡蛋吧，家里还有半篮，阿妈走的时候说别卖了，让我们吃。

哈哈哈，炒鸡蛋，炒鸡蛋。阿午举起矮凳，舞狮一样在屋里转圈。

阿姐去炒蛋，阿午两手握成圈当望远镜看灯泡，灯泡灿出很亮的光芒，他拿纸挡在眼前看灯泡，隔着纸，光变软软黄黄的，又凑近灯泡站着，看自己在墙上的影子高到阁楼去。阿午喜欢灯泡，家里两年前拉了电灯，他百玩不腻。现在，他完全忘了屋外的黑。

闻到炒蛋的香味，阿午扑过去，手里握了筷子。阿姐端起盘，把鸡蛋往阿午碗里刮，阿午呆了呆，低声说，不用那么多，那些给阿姐。

阿姐尖声笑起来，呀，你不喜欢炒蛋，倒会让给我啦，哈哈哈。

阿午狠瞪阿姐一眼，感到一种陌生的羞怯。

炒鸡蛋，多好吃的东西，阿午总要和阿姐抢的，拿了汤勺，几下就刮一大半在自己碗里，阿姐拍桌子骂他，筷子去他碗里夹，阿午把碗抱在怀里，两人抢起来。阿妈在家的时候，要拿两个碟，给两人分，那一顿才吃得平安的。当然，如果阿爸坐在饭桌边，两人就老实了，但筷子都动得很快，暗地里较劲。这段时间，阿妈不在，两人反而吃得太平些。阿午认为是自己有眼色，阿妈不在，自己抢得太用力，阿姐打他掐他可没人管。他不喜欢阿姐刚才那么说，他才不会让。

阿姐往阿午碗里夹了些蛋，阿午偏了下身子，不要，我饱了。

阿姐哧的一声笑了。

阿午生起气，把碗撳在桌面上，笑什么笑，白痴。

白痴的阿弟，小白痴。阿姐的筷子在他手背上敲了一下。

阿嬷这段时间都不来家里睡了？阿午问。

阿姐不说话，阿午是没话找话，他也知道自己明知故问。

阿妈到外嬷那里住的几个月，要不是细姑家走不开，阿爸阿妈是安排阿嬷到家里住的。后来这样安排，阿嬷白天到隔寨细姑家，晚上过来陪他和阿姐，阿午家的屋子在寨子最外角，靠着竹林，院子又只围着矮竹篱，单阿姐和阿午住，阿妈是不放心的。阿午觉得阿嬷被细姑占了，阿午小时候，阿妈身子差，他是阿嬷抱大的。他喊着，阿嬷住家里好了，细姑是大人了，要阿嬷做什么。阿妈说细姑生了一个阿弟，她的婆婆去世了，公公在床上躺半年了。阿妈说，阿嬷能不去吗？幸亏细姑嫁在隔寨，要是隔乡隔镇什么的，阿嬷连晚上也回不来的。细姑刚出生的阿弟比阿午小，阿午没什么话说了。每天晚饭后，阿嬷就来，收拾屋子，问阿姐猪有没有喂饱，交代阿姐阿午隔差去菜园拔杂草，骂阿午把裤子磨烂了，脚没洗就上床睡觉，听阿嬷这么念着，阿午很快就睡着了。

这次，阿嬷连晚上也没法来了，十多天前，三婶生了孩子，三叔还在隔壁镇上的建筑工地干活，阿嬷白天挤时间去细姑家帮忙，晚上留在三婶家。阿午想，孩子生得比草还快，他感觉自己一下子大了。

阿嬷每天会挤时间过来走一趟，一般是忙完了三婶家的活，三婶的孩子睡着了才来，两间屋子四处看看。现在，阿午刚放下碗，阿嬷进门了，看阿姐在收拾，凑去看，问吃什么，一边摸出一包东西，小心地翻开，说三婶家烧了些鱼，她包了几块来。

阿嬷走的时候让阿姐阿午锁了篱笆门，又让他们拿竹竿卡上。阿午明知不可能，还是说，阿嬷，你在这睡。

阿嬷说，没事，门锁得好好的，我交代了隔壁再旺伯多看顾的。

阿午想跟阿嬷说不是这个问题，他是想她待在这屋子里，只要她在就好。他没说，他不知怎么说这种话，也不习惯。

四

我放下笔记本，拼命地想，想不出阿午和阿姐坐在门槛上，等着他们的阿妈，看天慢慢黑是怎样的。电视里好像看过跟这差不多的场景，很少，有我也弄不清楚。我家没有门槛，进了家门就关上，妈妈一次次交代进门要随手关上，好像坏人随时在身后，会一转眼跟进我的家。天慢慢黑？天还没黑，街上的灯就亮了。我闭上眼，什么也看不见，但不黑，家里的灯总是很亮。就是睡觉关了灯，房间里也不黑，小区里的灯总把黑弄得很淡，拉了窗帘也没有阿午他们那种黑，有竹林的，路上全没有灯的。

阿午和阿姐坐在门口等他们阿妈，阿午记得他五岁，阿姐七岁。五岁我在幼儿园，七岁我刚上小学。家里总有人的，爸爸妈妈至少一个人在，要是两人都忙，会让乡下的爷爷来，有时会让细姨来，细姨住得不远，还没结婚，常来陪我的。上学放学一定要接送的。阿午和阿姐去找阿妈，半路回去了，我知道那是什么感觉，我也有过那么一次，不过不是怕黑。

那天，爸爸妈妈都忙，学生走光了，他们还没来，我在校门

口站得很烦。突然想，等这么久，自己走回去都快到了。我被自己
吓住了，读到四年级，这是从未有过的事，不可能的。这个不可能
的念头在我脑里搅来搅去，弄得我等不下去。我试着走了几步，觉
得这么一步步走着，没什么大不了。我知道，该去门房给爸爸打个
电话的，这种事不可以给妈妈打电话，可我知道，打了电话可能就
走不成了，虽然爸爸很多事让我做，有些事还站在我这边，让妈妈
少数服从多数，但大事他是不糊涂的，万一说句什么，这个大好机
会就没了。

我拉了拉书包背带，整理了鞋子，出发。回家的路我倒退着
都能走，主要是怕路上，路上什么呢？是车？车我也可以躲闪，
交通规则老师教了那么多。除了车，当然是人了。人？我吓了一
跳，没错，我怕的是人，爸爸妈妈不放心的也是人，我觉得奇怪
极了。我盯着路上每一个人看，又害怕又刺激，好像一个去远方
的流浪者。

我走我的，可老有大人盯着我，我看他们的时候，他们看着
我，我不看他们，走得快点，他们还在看着我，是什么意思，我没
弄错方向，路不是给人走的吗？要不是过路时正好红灯，我就跑起
来了。

我盯着路对面的红绿灯，那辆黑色的车停在那么近的地方都
没发现。车门突然开了，碰了我的书包，我正想站开一点，一只又
长又粗的胳膊伸出来揽住我的腰，我还没来得及喊，人就被关在车
里了。路边的人都还没看见，可能看见了也不会管不会打电话报警
的。车里有几个人，我看不太清楚，拼命拍着车窗喊，一个人拿布

捂住我的嘴巴和鼻子，我的脑袋开始发晕。我被绑架了。我只来得及这么想，然后什么也不知道了。

醒来时，头还是晕，眼睛睁不开，可害怕是清清楚楚的，我想起刚才的事，想大哭想尖叫，不过幸好我咬住了舌头，眼睛也没睁开，爸爸教过我，不能硬拼，要智斗，老师也教过一些方法的。要是喊了，他们绑住我，我再聪明也跑不掉了。

我假装还没醒，从眼缝里看车外面，车窗关着，外面看不清车里，车里看外面很清楚。一定开了很远的路，因为外面的路我一点也不认识，周末，爸爸经常开车带我在城里和城郊四处逛，城市周围我很熟的。不过还好，外面是公路，很热闹，不是电视里那种很偏僻的公路或大山。我悄悄看了一下车门，想好开门的动作。

车一直在开，我手心湿了，额头也湿了，眼泪也要忍不住了，我想，我可能真的要死了。就在这时，到了红绿灯处，车停了，路边有两个指挥交通的警察叔叔，我开了车门，向那两个警察叔叔扑过去……

哪家的孩子，没大人接你？有人拉了我一把，我尖声大叫，吓自己一跳，也吓了那人一跳。是个老伯，他歪着头看我，迷路了？红绿灯亮几次了还站在路边，车要撞到你啦。

我摸摸额头，真湿了，刚才的胡思乱想真把自己迷住了。我后退几步，忍不住看那个老伯的胳膊，挺粗的，不过老伯的脸还好，没有凶样子。

你去哪，要不要带你一段？老伯弯下腰，或者给你家大人打个电话？

我转过身，飞快地跑起来，书包在背上一撞一撞的，和我的胸口一起咚咚地响，听不清老伯在后面嚷什么。

我跑回学校门口，还没喘过气，爸爸的车到了，他开了车门，在里面朝我招手。我真想哭，不过忍住了，只是咬嘴唇。爸爸说，等久了吧？临时有点急事。我嗯了一声，手脚发抖，紧紧抱着书包。爸爸以为我生气，说，确实有点事，妈妈又刚好出差，今天带你吃顿你喜欢的——对了，以后要是晚点来接，别站在校门外，在学校铁门内等。

我朝爸爸点点头，想笑一下的，可总笑不出来，好像刚才胡乱想的事是真的。不是没可能的，我平时是爱跟着爸爸看新闻和报纸，骗小孩的，抓小孩的，偷小孩的，逼小孩去讨钱的，还有杀小孩的……什么都看过，我怀疑那些坏人没当过小孩的，一点也不手软。不，不单是小孩，连大人也被骗被抓被打被杀的，谁知道他们是些什么样的人。我抱着头，咬着嘴，可哭声从鼻子挤出来。

小申，你不舒服。爸爸伸出一只手摸我的头。

我说，我害怕。

因为爸爸太晚了？

我摇摇头。

爸爸找了个地方把车停下，我用力擤了鼻涕，把哭声也擤掉，提到报纸和新闻上那些可怕的事。以前，看到那些时我也问过爸爸，妈妈见我问，就不让我看了，还怪爸爸让我看那些东西。爸爸说，他该懂得一些的。他告诉我，这种事是有的，就像玩具店里不可能全是你喜欢的玩具。我听不懂爸爸说的，可看过了也就把那些事丢开了，现在才知道，我其实把那些当故事的，因为离我太远了。可现在，那些事情突然在我脑里挤来挤去的，变得真实了，极可怕。

我害怕。我又说，那些人为什么那么坏？躲不掉怎么办？

小申，怎么了？

我不出声。

没有那么多坏人。爸爸看着我，碰我的肩膀，指着窗外的行人，外面多是好人，只是我们和他们不熟，可能你就会怕他们。

有的，新闻和报纸说了那么多，平时你也让我防着陌生人，有些坏人坏透了。我脑里又是那些可怕的画面，电影里的场面也出来了，我觉得都是真的。我把胳膊抱得紧紧的，车窗外那些人的表情都难看极了。

爸爸倾过身，揽着我的肩，小申，没那么可怕的，你看看。他让我看天空，阳光很亮，天也难得地蓝，报纸是为提醒好人，所以总登那些事，爸爸跟你说也只是为了以防万一，有些话可能说过头了。

我看着爸爸，他在向我点头，我很疑惑，脑里很乱，很多东西想不清楚，不过，还是好受了些。那一次之后，不管多久，我都等爸爸妈妈来接我。

阿午怕的是黑，什么也看不见的黑；我怕的是人，看也看不懂的人，可我总觉得自己和阿午害怕的是一样的东西，不过，还是我怕的东西更可怕一些，不知阿午会不会这么看。

阿午怕的时候，是和阿姐在一起的，和他一样怕，光这一点，他就比我好些。有个阿姐是什么感觉？我想不出来。家里从来就我一个人，不，就我一个小孩。妈妈说小时候逗过我，问要不要给我生个弟弟或妹妹，我是不喜欢的，不许她生，说生了要欺负他的，不许他住我的房间，玩我的玩具，吃我的零食，和我抢动画片看。妈妈说的这些我有点记得的，我知道所有的东西都会被分去一半，可能是一大半，最主要的，连爸爸妈妈也会被分掉，到时爸爸妈妈可能不会理睬我，只看到那个弟弟或妹妹吧。我梦见过爸爸妈妈把我丢了，拉了弟弟或妹妹笑着走开，我喊什么他们都听不见。我哭醒过来，好些天提不起精神，甚至不想跟爸爸妈妈说话。有一天晚上，我正为这件事烦恼，突然想，要是那个弟弟或是妹妹本来该出生的，我凭什么不让他出生，他就那么没了吗？什么也不知道，可能会长什么样，会是什么样的人？好像是我没道理。我不让自己想这个问题，因为怎么想也想不通的，我让自己睡觉。我真的困了，不停地打呵欠，打出眼泪，可睡觉好像不要我了，让我的脑子不停地想这想那。

后来，我还是把那个问题忘了，用了多长时间，记不得了。现在，我突然很想有个兄弟或姐妹。好像有个看不见的人告诉了我些东西，让我明白，兄弟或姐妹会分掉我很多东西，可又会给我很多东西。什么东西，我不知道，像阿午的阿姐和他一起坐在门槛上就是一种吧。对了，最简单的，至少能陪我看动画片，要是两个人一起看，动画片一定比原来有趣一倍。爸爸有时会陪我看，可是不一样，我知道爸爸看到的和我看到的是不一样的，爸爸其实不爱看动画的，所以，就算爸爸坐在一边，我还是觉得只有自己在看。

最好和阿午一样，有一个姐姐，我房间里的床换成那种两层的，姐姐睡在上面一层。睡觉前，我们说话，我骗她说出藏零食的地方，等她睡着，偷偷吃掉。我在她的作业本上在画乌龟，给她书本插图的人像画上眼镜和胡子，把她最好看的裙子剪成另外一种款式，藏起她最爱看的漫画的书……我气她，欺负得她又哭又骂，然后告诉爸爸妈妈。可爸爸妈妈说我是弟弟，要她让着我……

呵呵呵，我笑起来，我几乎看到姐姐哭鼻子跺脚的样子，我得意地笑了。

小申？爸爸站在房门口，阿午很好笑？

我回过神，不知怎么的，一下子难受起来。我说，阿午有个阿姐——爸爸，你去忙，我看书。这是我第一次难受不想跟爸爸说什么，也不知道怎么说。

我又想起五岁的阿午和阿姐坐在门槛上的样子，天黑了，他们等着阿妈。他们知道阿妈在田里挖番薯，可他们不知道阿妈怎么样了，挖好了没有，要回家了吗？一直到阿午和我一样大，他们坐在门槛等阿妈，这次，他不知道阿妈在哪里，在做什么，衣橱让人搬走，猪差点被牵走，阿妈也不知道。

他们什么都不知，也没法打个电话问问，爸爸妈妈要是不在家，每天会给我打电话，我随时能听到爸爸妈妈的声音，知道他们在做什么。阿午他们能做什么呢，只能看着黑，黑里什么也没有，可看着黑什么都会想，太可怕了，不过，也很刺激，比在游乐园坐太空飞船还刺激，因为我原先知道飞船是有保护措施的。我在房间里走来走去，替阿午他们难受。

我还是问了爸爸，以前没有电话？

可以说没有吧。爸爸说，电话很久以前就发明了，不过，很久以后老百姓才有电话。

没有电话的时候人出了门，不是什么都不知道了？

当然。

那怎么办？

写信。没法写信的时候就等，或者没办法。

我很久不出声。

爸爸说，总有些没法的事，以前有以前的没办法，现在有现在的没办法。

我听得似懂非懂。

五

听不到阿姐翻身的声音了，阿午在黑里又待了一会，掀蚊帐下床。在床前站了站，试探着喊，阿姐，阿姐。没回声，阿午掀开阿姐的蚊帐，捏着被单一角挠阿姐的脚心。他想好了，要是阿姐还没睡，他就说睡不着，想说说话。他还准备着，阿姐坐起来会先拍他的后脑勺，骂他一顿。阿午半夜偷偷在阿姐手上画毛毛虫，在她嘴巴上画胡子，用草挠她的脚心，拿剪刀剪掉阿姐耳边一撮发的事不会少，得到的大多是阿姐在他胳膊上掐出的紫印子。今天，他不是恶作剧，是想试试阿姐是不是真睡了。

阿姐真睡了，最怕痒的脚没挪开，只有脚趾动了动。阿午放下蚊帐，收着气往外走，肩膀往上提，好像这样会让自己轻一些。开门是最难的，木门一拉就吱吱响，阿午在门边像游水那样深深换口气，拉了门闩，用肩膀将门往上扛，一点一点挪开，门每吱一声，他就惊得顿一下。要是让阿姐听到，骂和掐阿午是不怕的，怕的是以后阿姐夜里会留心，他就别想再出门了。

出了木门，阿姐的床铺静极了，阿午想，阿姐定是白天哭累了。篱笆门好办多了，阿午拉开长竹竿，开了锁，又重新锁好。他奔跑起来，很奇怪，晚饭前和阿姐坐门槛上，觉得天很黑，现在黑反而浅了，好像有人抽掉了一层，不用手电，阿午也能清楚地看到路的影子，砂子被踩得唰唰啦啦响，虫叫声又细又密，吱吱一片，阿午感觉自己跑得很热闹。

远远就看到风伯那间屋的影子，在竹林边，黑黑的一块。阿午笑了一下，朝那浓黑的一块扑过去。多年后回忆起来，阿午才意识到自己看到风伯的屋子时有种说不出的安心，和看见下田归家的阿妈从竹林一边拐出来那刻很相像，再细想想，又完全不一样。多年后的阿午拼命想记起风伯真正的名字，发现不是记不起来，而是从来就没听过他的真名。据寨里人说，风伯从小像风一样到处疯跑，忽而来了，忽而不见了，没个定性，所以被叫作风。阿午认为这是乱说，要他说，整个寨子风伯最靠谱了，从他记得事起，风伯就住在寨外的这个屋子，没挪过地方的。寨里人还说，风伯和别人不一样，疯疯癫癫的，变成疯伯了，他们背地里喊他傻风。大人们说风伯傻的时候，阿午就瞪那人一眼，嚓，你们才傻。大人不跟阿午计较，笑，阿午你总和傻风混在一起，早晚也得傻，呆样出来了。阿午就跑开，要离那个大人远远的。

阿午把旧旧的屋门拍得直颤，风伯开了门就转身去点灯——风伯还用着煤油灯——不问阿午来做什么。他在桌边坐下，开始卷烟，好像和阿午早约好半夜见面的。阿午很高兴，只有风伯才能这样，没有觉得这是孩子胡闹，不会觉得他奇怪。

阿午说，我不要待在屋里，闷。

那出去走走。风伯说。他披了件衣服，在角落时拿了些什么。

不用商量，两人往田野走，没有手电，阿午愈走脚下的路愈清楚，到有池塘的地方，甚至有些亮。夜凉凉的，凉气在阿午皮肤上一丝一丝地绕来绕去，把他刚才跑出的一身汗绕干了。阿午不问风伯去哪里，知道跟着走就是，总会是好地方。

走得很远，早看不见寨子了，风伯突然说，过了这个坡就到。阿午的脚步急起来。

爬过风伯说的那个坡，阿午看见一道水沟，沟两边有厚厚的黑影，是矮树和密密的草，沟面有些反光，阿午相信水一定很清，他欢呼一声就要往前蹿。

风伯拉住他，从蛇皮袋摸出一个水壶，递给他，暖热的。阿午很惊讶，他不记得风伯出门的时候带了袋子。

身上还要拍一拍。风伯说。

阿午喝了热水，四肢拍打一阵，扑进水沟。没想到水这样凉，白天在日光下，他觉得夏天热得要烧起来了。凉水往毛孔里一灌，全身的皮一缩，阿午尖叫了一声。风伯笑起来，说，这可是山沟水，又在夜里，不是日头下的溪水。他在沟边一跃，沟水啪地溅得老高。

啊啊啊——阿午拉长声音尖叫，双手兴奋地拍水，沟里的凉钻进身子，爬上他的脑门，脑子里那些糊成一团的东西被洗掉了，变得轻飘飘的，精神极了。

风伯往远处游，阿午只听到他拍水的声音。阿午高声说，风伯，这里喊没人听见的。

你喊吧。风伯说。

阿午胡乱喊叫起来，把声音弄得怪里怪气，喊一阵，自己大笑一阵，又接着喊，直到喘气不止。

两人往上游了很长一段，又往下游，来回几次。风伯问，累了吗？

不累！阿午拖长腔调嚷。他觉得这才是真正的耍水。对阿午来说——不，对寨里所有的男仔都是——耍水是夏天里和日光一样亮的东西，夏天进了水，阿午就想做一条鱼，吃饭睡觉都在水里。一般是去南溪游水，和寨里的男仔凑成一群。但阿妈对阿午耍水总没好印象，一提南溪就没好脸色，好像南溪得罪了她。阿午为南溪抱不平，阿妈喜欢去南溪洗衣服洗被单，说溪里又凉又清，洗得干净，她转脸把这些忘得干干净净。阿妈不同意，阿午便偷着去，照样耍得痛快，寨里哪个男仔不是背着阿妈去的？被发现就让骂一顿，耍得太久了，挨一顿打也知道是该的。不管怎样，阿妈那关看起来难，其实完全有办法，她忙，没法整日看着他。阿午烦的是阿姐。

阿午几乎拿阿姐没办法，伙伴在竹林里吹口哨，阿午听到去南溪的暗号，找借口出门，阿姐挡在门槛边，看着他说，又去耍水吧。好像她能看到阿午心里去。阿午极快地摇头，耍什么水，去大果家，他家的狗生崽了。阿姐只管盯住他，盯得他的眼睛转来转去的。

先扫地，择番薯藤，做好了再去。阿姐说。

阿午咬牙跺了下脚，像让谁捶了一拳。阿姐不管他，转身干活。阿午趁这个空从她身边窜出来，跑成一阵风。阿姐在后面骂，他哈哈笑。

拦不住阿午，阿姐干脆跟到溪边。她和别的女仔在溪边耍，时不时朝阿午那边看一眼，隔得远，阿姐其实很难在那群男仔里找到阿午，她还是觉得放心。有时，天实在太热，女仔们蹲在溪边耍水，耍着耍着也跳进溪，一般在远远的上游，和男仔一样泼水耍起来。阿午知道，阿姐其实是看不见他的，他还是不自在，觉得被人管着，胸口憋着气，就算在水里浸半天还是没耍痛快，傍晚被阿姐喊回家，随在她身后，一路嘀嘀咕咕，不情不愿的。

只有风伯带出来的，阿午才是痛快的。游过瘾了，阿午身上的力气都被水带走了，爬上岸时，像条软绵绵的蛇。好饿。他说。

风伯说，穿衣服，先喝点热水。

风伯在面前大步走，阿午声音也软绵绵，走不动了。

风伯不应声，仍大步走。阿午只能跟上去，他弄不清方向了，不知风伯往哪走，只随着他的步子往前拖。风伯停下时，阿午撞在他后背上，迷迷糊糊地问，到了？

找土块，我去挖番薯。风伯从袋里摸出手电筒，打开了放在田头。

到风伯的番薯地了。阿午感觉已经没有捡土块的力气，但风伯动手挖番薯了，挖好番薯就要砌窑，阿午闻到窑烤番薯的味了。还说什么呢，阿午顺着手电筒照出的光，摇摇晃晃地走，弯腰，抱土块，走，放土块，再走，再弯腰……风伯开始砌窑时，阿午发现自己找了那么大一堆土块，很惊讶，他想象不出搬这些土块的力气藏在自己身子哪个地方。

风伯起了火，让阿午看着窑，自己往远处走。大概因为窑里的火把周围照亮了，远处的黑变得那么浓，风伯走进去，像被吃掉了。就在阿午想起晚饭前和阿姐坐在门槛那段时间时，风伯回来了，黑像动了动，风伯高高瘦瘦的人影一层一层清楚了。

风伯。阿午在窑边立起身，挥着手，好像风伯是他出远门回来的阿爸。

风伯抱回一大堆柴火。两人守在窑边，时不时往窑里添柴火。土块间的缝隙探伸着火苗，一卷一卷的，整个土窑变得明艳热烈，像一朵正在开着的奇异大花，在夜的黑里让人忍不住高兴，阿午甚至对刚才浓得喘不了气的黑不再反感了。因为火苗的关系，阿午每添一点柴火就问，土块烧红了吧，可以放番薯了吧。

没那么快。风伯总是应。

在阿午相信自己要饿晕时，风伯说，灭火，放番薯。他在窑顶敲了个洞，阿午往里扔番薯，埋好，盖土。

等番薯时，阿午和风伯坐在田头，窑火灭了，手电筒也关了，周围的黑又浸过来，风很凉，阿午突然想，等烤番薯比等挖番薯回家的阿妈好得多，黑也像不一样了。

只要风伯把握的，番薯总是烤得刚刚好，手电筒放在两人中间，照着那小堆扒出来的番薯。风伯给阿午剥了一个，阿午咬着，很烫，嘴里嗞嗞地响，不过他还是吃得很快。这是最好吃的东西。阿午坚定地说。

风伯笑着，你以后会吃到更好的东西，更多。

这是最好吃的。阿午还是很坚定，他看见风伯在光影里笑着摇头，往前探身子，说，不信我们打赌。风伯只是笑，不应声。多年后，阿午整理日记时，看到这句话，当夜烤番薯的味道从字词里飘出来，香浓得让人坐不住，他极迅速地在回忆搜索一遍，认定自己当年的观点，那一夜的烤番薯仍是最好吃的。他冲破旧的日记本笑了笑，好像风伯就在里面，说，你输了，至少到现在为止。阿午记忆里，风伯总是很明智，但这次他错了。长大后的阿午想，那是因为风伯不知道那些烤番薯带给他的，除了充饥的香味，还有种说不清的充实感。那个时候，十来岁的阿午和阿姐在门槛等着不知在哪里的阿妈时，第一次意识到胸口有个地方空空的，他无法描述，无法理解，只是害怕，更没想到那几个番薯能让那个空空的地方温暖起来。

吃过番薯，阿午很兴奋，他说，我还不想回家。

风伯把他往寨后的山坡上带，直走到橄榄树边，风伯拍拍树身，说，到上面看一看。

阿午欢呼一声，他从来没在夜里爬过树。

风伯让阿午先上树，他在后面跟着爬上来，到高高宽宽的树杈坐好。风伯指点阿午找枝叶的缝，望远处。原来夜不单单是一种黑，天的黑轻轻的，高高的，有点透；远远的山是很重的黑，一堆堆很稳的样子，邻近村寨的黑有形有状的，高高矮矮的屋和树，田野的黑深深浅浅，阿午几乎能猜出哪片种的是麻，哪片种的是菜，有池塘的地方还反着光……阿午很久不说话，他不知该怎么说，只有喘气变得急了。夜的黑这样生动，一点也不像自己想的那样闷，这让他惊讶。

昨天管计划生育的人把我家的衣橱搬走了，猪也差点牵走了。坐了一会，阿午突然说，他们说还要拆屋子，到时我家就要没了。

家搬不走的。风伯说。

阿午说，东西明明被搬走了的。但风伯一句话也不说了。

回去的时候，天快亮了。阿午奔跑着回去，最好在阿姐起床前到家，免得又要啰唆。暑假了，阿姐会比平时晚一点起床，不过也晚不了多少的。

还好，篱笆门还锁着，里面屋门也还关着。阿午开屋门时极小心，阿姐还是醒了，跳下床，冲阿午尖叫，你昨夜出门了？

阿午呆了呆，嚷，哪有啊？

阿姐冲过来，伸出手，阿午闪了一下，阿姐没掐到。

我老早就起了。

阿姐瞪着他，你自己起床，鬼才信。要知道，上学的时候想让阿午起床，偶尔还得出动竹棍子的。不过，放假时，阿午确实有早起的习惯。

阿午说，风伯田里有点事，我去帮忙。

说到风伯，阿姐就没什么话了，她也爱去风伯那里的。

快，喂鸡，扫屋子，我要煮饭喂猪。阿姐指挥着。

好的。阿午应得从未有过的痛快。

六

阿午跑出门时，阿姐在后边嚷，要他一起去菜园拔草，阿午已经跑进竹林，阿姐愈来愈多事了，阿妈不在家，她管得更多。出门前，阿午很快地扫好屋子，择好番薯藤，阿姐又说到菜园拔草，阿午说天这么热，草早热死了。说过这句话，他就按早瞄好的路线冲出家门，阿姐追出门时，他人在篱笆外了。

和阿绿早约好的，在竹林见，暑假几个人总是在一起的，但第一次总有些不一样，要约好一个地方，像学校开学要开广播会一样。本来昨天要约的，让那几个到阿午家的人搅了。

春顺已经到了，坐在竹丛边做竹叶船，脚边做好了几只。阿午掂起一只看，春顺做的竹叶船总是最好看最结实的，他不嫌闷，慢慢叠，要是勤弟在，就会不耐烦，嚷着，快点快点，比我阿嫲绣花还慢。春顺看看勤弟，说，那么快做什么？勤弟绕春顺转圈，握着拳头，脸很快涨红了，他说不出那么快做什么，但看不得春顺那么慢。

春顺点着竹叶船，阿午，这个是你的，这个给阿绿，大的给大果，我再编两只，一只给勤弟，一只我自己。

阿午，一会去沟边放，最好抓几只蚂蚁放进去。

好，捉蚂蚁，捉蚂蚁。阿午弄不清阿绿从哪出来的，她趴下去看竹叶船，又去扒地上的竹叶，想立即找到几只蚂蚁，辫子扫着地上的草。

大果呢？阿午往竹林外望。大果是阿绿的堂兄，还是她的跟屁虫。

他慢死了。阿绿挥挥手，鼻尖要擦着泥土了。

阿午站起来，看见大果圆圆的身子，一晃一晃走进竹林，喘着气喊，阿绿，你太快了。

是你慢。阿绿呼地立起身，指住大果。

阿午笑，阿绿和大果都说得对。阿绿从小和三个阿兄打架、追赶，身子又轻，除了阿午，寨里没几个男仔跑得过她，女仔更不用说了。大果像个桶，又圆又大，不喜欢跑的。

阿绿一指，大果站住了，好像她有定身法，大果想了想，点头，我跑不快。

阿绿扬扬下巴，让大果快点找蚂蚁。

勤弟还没到？阿午问。

春顺说，他早来过了，说要看我叠船，一会又说不好耍，跑出去，要看你来了没有。正说着，勤弟跑进竹林，你们才来？我跑去看几次了。

春顺开始发竹叶船，勤弟举了船啊啊喊着，去水沟去水沟——船里放蚂蚁？好主意，蚂蚁哪？总是这样，勤弟最高兴，可他最先把船弄坏，还没下水，他的船就揉皱了。

几个人趴在地上找蚂蚁。阿午说，一会经过沟边再顺便放船，先要点别的。

几个人的脸仰起来，看着阿午，等他说要什么。总是这样的，阿午出主意，就是别人想出主意，也先问问阿午，阿午说好就好，习惯了。

阿午捡了个竹壳，扣在脸上，在竹壳后闷声闷气说，面具。

阿绿回家拿水彩笔，只有她有，勤弟回去拿细绳和小刀，阿午自己不能回家拿那把刚买的小刀，会让阿姐抓住，大果有力气，把竹子高处的竹壳摇下来，阿午和春顺负责捡竹壳，挑选出最好的。阿午几句话安排下去。

东西准备齐全后，各人做各人的，这是阿午的主意。不然，勤弟会推给春顺。

干。没有春顺帮忙，勤弟第一个做好，竹壳上挖了三个毛毛糙糙的洞，两个是眼睛，一个是嘴巴，挖两个小孔系上细绳，往上一扔，说，成啦。

丑死了。阿绿瞥了一眼，说。她面具上挖出的两只眼睛极大，正用黑水彩笔在四周画长长的睫毛。勤弟说光这两只眼睛就能把鬼吓跑。

春顺的面具眼睛嘴巴挖得整整齐齐，画了密长的眉，还画上一副眼镜，正用心挖系绳子的小洞。勤弟鼻子哼着气，真麻烦，还不是戴在脸上，画得像老师，不好看。春顺只低着头画，没应声。勤弟凑过去看阿午的。

看了阿午的，勤弟不出声了。好一会，阿午还没画完，勤弟问，你画什么。

太阳侠。

太阳侠？

和太阳一样厉害的。

勤弟探过脖子，鼻子要贴阿午面具上了，是神仙吗？

比神仙厉害，神仙不好玩，这不能做，那不能做，闷死了。

会魔法？

比魔法厉害，有些魔法是假的。

能做什么？

想做什么就做什么。

勤弟双眼发亮了，凑着看阿午画。大果挤上来，勤弟挡了他，他一直照着阿午的画，没阿午画得那样好看，可也花花绿绿的，自己很满意，他说，我是太阳侠第二。

勤弟看看自己的面具，说要重做一个。

骗人。阿绿冷笑。

勤弟重新找了个竹壳，看着阿午，阿午说，你画个地球侠吧，也很厉害了。

地球侠，我喜欢。勤弟兴致勃勃开始了，但刻眼睛时，他把竹壳弄裂了，便扔了竹壳说，不好耍，阿午，别要这个了。

阿午的面具已经做好，戴上了，说，去放竹叶船。

阿绿、大果和春顺都戴上面具，往竹林外走，都相信自己在一瞬间成了自己想要成的另一个人。勤弟没戴，一手捏着挖了三个洞的面具，一手在脸上摸来摸去，竹叶船塞在裤袋里，成了一团。

放竹叶船有什么好耍的。勤弟冲前面一列人说。

阿午说，我们要去。

阿绿说，你不要你在这里吧。

大果说，我要去。

竹叶船放进水沟之前，阿午把蚂蚁倒进沟边草丛，阿绿急得要抢，这些蚂蚁她找了那么久。

阿午你做什么？

想学着阿午扣竹叶船的大果停住了，看着阿午。

阿午说，竹叶船飘着飘着要翻吧，翻了蚂蚁要浸水吧，蚂蚁没法游水吧。

阿绿等着他说下去，阿午不说了，弯下身，把船放进水沟。

蚂蚁浸水又怎样？阿绿又不弄懂阿午了，不过，阿午有时会变得让人弄不懂，她习惯了，她也把蚂蚁倒入草丛，放了船。春顺和大果也扣掉了蚂蚁。

勤弟笑，我就说这不好耍吧，阿午，去耍别的。

阿午趴在水沟边，探长手在沟沿掏着，掏出一团泥。他让大果掏，大果很快掏出一大团来。泥很好，阿午揉着，韧韧黏黏的。

我知道做什么了。勤弟抓过泥，胡乱捏个碗状，往地上拍，阿午，耍这个好。

等阿午分。阿绿尖声叫，去抢那团泥，已经沾满沙。

先找好地。阿午把泥抓成几份，一人手里放了一份。是要一块好地，打泥碗很要紧的。最好的是平滑的石块或是水泥地，泥块捏成泥碗，这要有手艺的，愈薄愈好，高高托起，往地上扣，把握好力度，把碗底扣破，洞破得愈大愈好，别人得用自己的泥将破洞补上，洞愈大得到的泥巴愈多，补洞也要有技术的，弄一小团泥，捏到尽量地薄，尽量地大，将自己泥巴的损失降到最低。把别人手里的泥巴赢过来就是胜利者。

这个游戏男仔女仔都喜欢，大人不喜欢。阿午和阿姐在门槛前耍，为争一点泥巴嘀嘀咕咕的，阿妈见了说别耍这些没正经的，这点泥补来补去的有什么用，没事做了吗？没事干点正经事，到山上捡柴火还好些。阿妈是大人，就说大人话，阿午觉得这是最好耍的，耍这个时把泥碗扣出破洞，赢回泥巴就是最正经的，阿妈说不是正经事，他想问阿妈什么是正经事，正经事也有眼睛鼻子嘴巴可以认一认吗？阿午没问，他知道，大人们觉着他们的事就是正经事，有用的。阿午倒想问问，大人们口不渴的时候坐成一堆，半天半天地喝茶说话就有用吗？有一段时间，阿午为正经事的界限又烦恼又疑惑，最后他发现自己想不透这个，渐渐把这个丢在一边。

阿午选定丢在寨前的那块大石块。要打泥碗，阿午和春顺总是赢得最多泥巴的，阿午扣碗有套方法，能把风都扣进碗，把碗底顶出一个大洞，春顺性子好，泥碗捏得又圆又薄，若是分队耍，阿午和春顺两个合一队总是最厉害的。大果扣碗力气大，可碗捏得不好；阿绿碗捏得好，可总是扣歪了碗；勤弟太急，碗总捏得不匀，扣得也太急，把泥碗整个摔成一片泥块。赢得少，勤弟就嚷嚷运气不好，说要换别的耍。

阿午说泥巴不要浪费，做成小炉子，放在石板边晒。几个人立即动手，等着泥炉晒干后的奔跑和比拼。

多年后，长大的阿午整理日记，忍不住津津有味记录下这个游戏，泥巴做成炉子形状，晒干，在炉里燃一块干牛粪，托在手上奔跑，跑得愈快，牛粪燃得愈好，冒出的烟愈多。孩子们手托泥炉，叫嚷着在巷子间穿行，身后拖着长长弯弯的烟尾巴。已经高中毕业的阿午仍能闻到牛粪、泥土与日光混合的味道，令人心痛得发颤。阿午想，说到底，这是一件多么无聊的事——这时候的阿午已经学会随时随地用无聊概括一件事——又是多么有趣，就像他的记录本身，他想不出任何世人所要求的"意义"，但恰恰是这点令他激动不已。他甚至打算，以后奢侈地找出一段时间，把儿时所有那些"无聊"的事详详细细记下来。

捏好的泥炉列在石块边，阿午看了看，决定搬到大果家墙根边晒，放在这，不用半天，寨里的孩子就能让它们消失。安排好泥炉，就都看着阿午。阿午不说话，往外走。

阿午，做什么？勤弟在他身边一跳一跳的。

去就知道了。

做什么做什么？勤弟手舞起来。

阿午说了，去就知道。阿绿把勤弟挤到一边，你不去就别去。

大果和春顺已经随在阿午身后走了。

到底做什么？勤弟还是跳，扯阿午的胳膊，你说一下会死呀。

等一下知道会死呀。阿绿扯勤弟的衣袖。

　　阿午想起昨晚风伯带他去的水沟，他不知那地方怎么说，转身朝他们几个挤眼睛，想吃东西？他看到发亮的眼和点头一片。阿午说，我们去个好地方，不过，得准备东西。

　　在阿绿说她的脚要断了，勤弟第五次说要回寨时，他们看到了水沟，都不说话了，只是扑过去。和阿午想的一样，水很静，可以钓鱼的。各个找地，垂下钓线。水沟边有树，沿沟挡出一线阴凉，他们几个半坐在阴凉下，半没在草里。上高中的阿午不止一次向同学描述那个情景，那是城里的重点高中，阿午的言语拉扯着他们，穿过一层又一层的书本和练习题，看到那条在时间里静止的水沟。阿午说，听到风在耳边嘀咕，说着青草叶子的七七八八，青草也许听到了，影子在水沟里一晃一晃，不知是高兴还是生气，那时候，钓上一条鱼是人生最大的事。

　　春顺提上第一条鱼，大得让沟边的天地为之一亮，阿绿捂住差点出口的欢呼，手掌上的眼睛睁得要掉下来。勤弟开始扭身子，细声说，钓不到的，我这里没有鱼。

　　沟里有鱼，还很大。阿午说。他指指春顺，再钓几条才能饱饱吃。

　　等到晚上也等不到的。勤弟扔了钓竿，喊起来。

　　阿绿愣了一下，朝勤弟扑过去，把我的鱼惊跑了。大果也扑过去，说，把我的鱼也惊跑了。

　　春顺推着拉扯他的阿绿，这么钓不好要，用这个才好。他举起网兜，一扣好几条的。

　　阿绿不放手，大果也不放手，要把勤弟压在地上了。

阿午提议找找，找条小支流，拦住，舀水，抓鱼。

用泥挡了沟边一个长条形缺口，大果用桶边舀水边数，快数到一百的时候，春顺的网兜果然兜了两条像样的鱼。

那天的烤鱼……

阿午的笔在这时没了墨水，重新吸饱墨水时，他意识到这么写下去，再多的笔记本也不够他写，因为他的夏天是这样饱满，他们永远有新的游戏——大人们不当回事的游戏，可阿午他们觉得没有比这更要紧的了。

他们的夏天就这样从一个游戏到另一个游戏，像阿妈说过的，没头没脑，没心没肺。

七

　　我从来不知道还有阿午他们玩的那些游戏，那些也叫游戏吗？我知道的游戏是在电脑里在手机里玩的，要不就是活动课老鹰捉小鸡，抢板凳之类的，那是得有组织有纪律的，每个人要按安排玩，我一向不大喜欢。他们用竹壳做面具，竹壳什么样，我看过竹子，是大熊猫最爱吃的东西，可从没注意过竹壳。面具我多的是，超人的，魔王的，大侠的，可我现在想要阿午那样一个竹壳面具，我想象那个太阳侠的样子，比我那个金色的超人面具威风吗？竹叶还能叠成船？趴在沟边放小船什么感觉？泥巴就那么在手里抓着揉着吗？他们不怕细菌？我在小区碰一碰花草，在草叶上捉一只蜗牛，妈妈也要让我洗手的，说，用洗手液，脏，细菌多得很。从妈妈那里，我很早就知道细菌是很可怕的东西。玩泥巴？我不知道会发生什么事，我从小玩的是橡皮泥。捉鱼我倒是做过，在电脑里玩的，很容易，鼠标一点就捞上一条，然后放了，然后再点再捞。

　　除了捞鱼，还有别的，我在电脑上打架、玩扑克、养小狗，还在电脑上种菜。其实，我能玩的游戏很多，太多了，班里有个同学是玩游戏的老手，说网上的游戏不止几万种，一天玩一种人就老了。那时我还想，等我长大了，自由了，每天只在家里玩游戏，现在，我觉得不好玩了。我使劲吸鼻子，没有草的味道，泥土的味道又是怎样的，阳光也有味道吗？我不太相信，阳光照着路面，照着楼，我只闻过路的味和楼的味。我第一次发现不管玩什么游戏，都是在点鼠标或敲键盘。

我看见日记本里出现一个笑容，是阿午的，我不知道他长什么样，可他的笑很清楚。他说，你们这些怎么是游戏呢？我们才是在耍。我很难过，可不服气，说，我玩的游戏你玩过么？你懂得什么是电脑？阿午不出声了，一会，他把脸转过去，很快看不见他了。他说不过我，可我一点也不高兴，如果阿午在这，会喜欢我的游戏吗？我想起爸爸，他的话和阿午很像，冲电子游戏摇头，游戏是这样的？小申，这不是有趣的游戏。

有段时间，我迷上了种菜，周末整日黏着电脑，爸爸问，又流行什么新游戏？这次没听到枪声，这是用气功战斗的游戏吗？

我在种菜。

种菜？

白菜、黄瓜、西红柿、南瓜……爸爸，我的农场有很多菜了，得浇水、摘菜、防偷菜贼……

我说了很多，没听见爸爸的声音，转过头，他盯着电脑，表情很奇怪，一会又盯着我，表情更奇怪，他说，你们就这样种菜？这样好玩吗？玩得这么积极，浇水？摘菜？真可怜。爸爸说完坐在床沿发呆。

我没把爸爸的话当回事，因为我的农场又有可以采摘的新菜了。等我摘完菜，爸爸已经走出房间，于是，我继续种新的菜。现在，我突然想起爸爸那时的样子，清晰极了。

我想出门，跟爸爸妈妈说要去找罗尹键，这样就能顺利出门，特别是妈妈，再没多问一句。罗尹键家和我们家在同一个小区，他比我大一岁，高一年级，他爸爸是爸爸同事的朋友，两家经常互相串门。对妈妈来说，最重要的是罗尹键学习好，运动好，性格好，又有礼貌。她说，这样的朋友得多交几个的。

但我不去找罗尹键，他是不错，我和他相处得也好，可跟他在一起没法像别的朋友那么痛快，我们一起看书，打球，解题，打游戏，可从不和他拍来打去，不嘲笑对方，也不跟对方说秘密。今天我要到外面走走，乱走，罗尹键肯定不敢去的。

我在小区门口站了一会，往右走，我几乎没一个人这样走出过小区的。路边新开了好些店面，再往前走，另一个一直建着的小区绿色的网拆了，有很好看的外墙，连路边的树也比印象中高大很多，我好像到了一个新奇的地方，我常经过这里，可对这些都不知道，可能是因为我坐在爸爸的车里，也可能因为我根本没看。走过这个新小区，又是一个小区，再走过，还是小区，我不想再走了，小区都差不多，很高的楼，住着很多人。另一边的路也差不多，全是车，路边的树剪得很整齐。

我向后转，往回走，得经过原来几个小区，我有点烦，半跑起来，没想到只走过几个小区有这么长的路，终于回到我家小区门口。往左，还是一个小区，耐着性子走过去，不是小区了，是一个大厦，然后是法院，再就是酒店。我停住了，全身是汗，脑门晒得热烘烘的，摸了一下，头发烫得要着火了。接着走是商业街，还是楼和店面，还有人，想不出有什么好玩的。想不到外面这样无聊，我想回家了，脚酸，口渴，想进空调房。可我不甘心这么回去，我不相信自己的外面比阿午他们的外面少什么。我找个角落坐下，想到我比阿午少了些伴。

许宙在另一个区，太远，我决定找何力，他是最方便的。果然，他爸爸妈妈又不在，家里只有他奶奶，在看连续剧。何力高兴地在我肩上一拍，我还没换鞋就把我往房里扯，他说，我昨晚打游戏，早上打游戏，眼睛痛头也痛，无聊得要死，我们能玩点新奇的吗？

我指着他一屋子玩具说，这些不知玩过几次了，能弄出什么新花样，这次来个真正新奇的，我们出去玩。

出去？网吧？广宏大厦游戏中心？何力眼睛亮了一下，又沮丧起来，去网吧还不如在家，还能边玩边吃零食，反正爸爸妈妈不在。游戏中心我昨天刚和堂弟去过。

那有什么好的。我笑何力没有想象力，这些我也玩腻了，我们就是出去。

出去做什么？

一定要做什么吗，我们乱走，想去哪里就去哪里。

乱走？何力像被这想法吓住了，又像被迷住了，他往我肩上猛一拍，好主意，我们去乱走。

出门前，我跟何力的奶奶说，何力中午在我家吃饭。

在你家吃午饭？出门后，何力问。

谁知道？为什么一定要回家吃饭，在外面吃不是更自由？到时我跟妈妈说我在罗尹键家吃的就行，只要提罗尹键，她就不会问的，他比我这个儿子更有用。

何力盯着我看。

你不敢？

何力哈哈笑起来，冯正申，你现在说谎好流利。

我吓了一跳，对啊，我的谎怎么说得这样自然。

两人出门走了一段，是超市，我们看看对方，进吗？超市没什么好玩的，不过还是走走，第一次两人进来乱逛的。那么多东西，都摆在货架上，都贴了标签，都在等着被哪双手拿去柜台付钱，人们都在买东西，比价钱，我们在货架间很快走过去，很快不想走了，买了几包零食就出来。逛超市不好玩。

我们逛街。妈妈是超级喜欢逛街的，她看东西买东西试衣服，眼睛永远闪着光，好像逛街比探险找宝藏还有趣。据我所知，几乎所有同学的妈妈都这样。我和何力开始还有点新奇，慢慢地就烦了，都是商店，都在买东西卖东西，除了吃的，没有什么是我们想买的。我们在街边椅子上吃零食，边吃边想着去哪里，我们突然发现，乱走也是不容易的。我们在街上慢吞吞地走，东张西望时，路过的大人总是看我们，用怪怪的眼神，他们一定想到我们的爸爸妈妈，让我们很不舒服。

我们去DS区怎么样？把一整袋薯片吃完后，我想到一个主意。

何力张大嘴看着我，嘴里满是薯片。他这个样子让我差点改变主意，我大声说，怎么，你不敢吗？何力胆子不是最大的吗？

DS区被爸爸他们叫作城中村，房子又矮又旧，住的大多是外地人，打工的，摆地摊的，买菜的，扫大街的，送盒饭的，我常经过那里，坐着爸爸的车，那些房子好像不听指挥的学生，没法好好排队，挤成一堆一堆的，歪歪扭扭，黑黑的电线牵来拉去，看得人脑袋发昏。里面跑出的大人小孩脏兮兮，大人很多绷着脸，小孩总是跑得很快。DS区是我们给这片地区起的名字，我们不相信爸爸说的，这里只住着外地人，爸爸们除了工作和新闻，还知道什么呢？这片地区很像电视里某种地方，电视里这样的地方总住着逃跑杀人者，卖毒品的坏蛋，文身的黑社会老大，欠高利贷的倒霉蛋，还有潜伏的间谍。平时，谈起这个地方，我们的声音就低下去，好像在密谋大事。

两排屋子间的路那么窄，爸爸说过，这叫巷。巷弯来扭去的，比外面暗很多，巷上面晾着很多衣服，没下雨，可地上湿湿的，两边堆着我们不认识的杂物，跟电视里那种地方完全一样。我和何力挨在一起，走得很紧张，可脚步总是迈不大。不过，走了很久，我们没看见电视里那样的人，很多门关着，主人应该去干活了，有人在的门大都开着，看进去屋里暗暗的，不少人坐在门边，说话、择菜或做着手工，大多是老人，小孩或站在门口，或尖叫着追跑，或蹲在巷子凑成一堆玩什么。我和何力走过的时候，他们就看我们，大人和小孩，表情奇怪，让我们觉得自己长了两个头或三只眼睛。本来是我们觉得他们怪的，现在反过来了，不知道他们怎么想我们的。有些孩子看了我们，头凑头说着什么，指指我们，笑了。我不好意思起来，忍不住摸摸脸，想，要是我黑一点可能好些，我和何力白色的球鞋和有大拉链头的衣服是不对劲的。

只走了两条巷子，我和何力就出来了，好像不小心进了陌生人的屋子，不好意思极了。

这地方和想的不一样。何力说。因为很久没说话，声音干干的。

去别的地方吧。我说。

这时，我们都意识到两人太少了，在人群里挤来挤去，有一下子消失掉的感觉。我想起陈一鸣的家离这不远，提议找他来做伴。

陈一鸣的妈妈来开门，我望了一眼何力，我们都知道坏事了。果然，听说要邀陈一鸣出去，他妈妈看住我问，去哪？

公园。我灵机一动，因为公园离陈一鸣家很近，也算很安全的地方吧。

去公园做什么，这么热的天。陈一鸣的妈妈还是盯着我，在家里玩吧，阿姨给你们做酸奶，还有蛋糕、西瓜。

放假了，我们去走走，观察一下植物，好完成老师的日记。我撒谎真的变得很流利，天知道怎么回事。

老师布置的日记？陈一鸣的妈妈想了想，好吧，不要在太阳光下站太久，带上水壶，戴帽子，不要去太久——带上这个旧手机，我随时找你们。

我们三个出门了，高兴不起来，陈一鸣袋里的手机好像他妈妈一双眼睛，总看着我们。

何力问，真去公园吗？

还能去哪里？

公园树很多，花很多，有假山，有凉亭，还有湖，我们在作文里总这么写它：美丽的公园，我们玩得很开心。可我们都有些没精打采，树呀花呀假山呀凉亭呀都排得好好的，规规矩矩，好像都在说，我们在这，快来看，风景很好的。这么想着，公园的东西像都长了嘴巴，哇啦哇啦称赞自己，摆出造型。我忍不住扑哧笑出来，何力和陈一鸣猛地站住了，问我怎么了，我只管走到他们面前去。

天很热，公园没什么人，我们走走停停，一点兴致也提不起。何力说，累死了，买冰激淋，找个地方休息吧。

坐在凉亭吃冰激淋，何力和陈一鸣谈起一个游戏，我们的公园之行完全没有一点特别了。我什么话也不想说，想起阿午，他有个风伯那样的朋友，半夜还能出门游泳烤番薯。我只有一个超大的金刚机器人，上小学那年从美国回来的舅舅送的，和我上一年级时一样高一样大，我绕着那个金刚跳，说他以后是我的朋友了，就叫金光。金光一直站在我的书桌边，脚边围一圈矮矮的塑料栏杆。我对金光唱歌，课文背给他听，考第一名把奖状给他看，考不好了冲他发脾气，和同学闹别扭说给他听，有时哭也关上门只让他知道。有一次，在电视看到老年痴呆的人把自己都忘掉了，我很害怕，不知自己老了会不会那样，我想起金光，我所有的事他几乎都知道，帮我记住了，放心了些。金光还要帮我储存能量，像电影《怪兽公司》那样，我冲他笑，冲他嚷，冲他说话，都变成能量存在他身体内，总有一天，会变得超级厉害，什么事都有办法做。不过，我一时还想不到该让金光用那些能量做什么事。这是一件很要紧的事，我得快点想清楚。

八

那天，阿午他们耍了警察抓坏人游戏，吃了用瓦片炒的南瓜子，演了一回过家家，吹着新磨好的橄榄核哨子回寨，兴致勃勃，那时候，他们几个都忘了暑假会结束，以为日子会天天这样，一直到很久很久。

寨里和平时不一样，很多人往寨东跑，大人们嘀嘀咕咕地说什么，声音不对，表情也不对，很明显，发生了某些事，神秘的，令人吃惊的。阿午他们也往寨东跑去。

四平叔死了。他们跑的过程中，那件神秘的事清楚了。

阿午猛地站住。四平叔死了？他转过身，看身后几个伙伴，他们迷迷糊糊的。阿午甩甩头，这是别人乱说的。他继续往前跑，要尽快证实这个消息的荒唐。越接近寨东，消息越确凿，刚刚死掉的，赤脚洪来过了，又走了。四平叔的家围满人，门口被人塞住了，进不去，阿午听见四平叔的老婆如君婶在哭，是那种让人发毛的哭声。阿午背后一阵发麻，哗哗往上漫，头皮变得紧绷绷的，手臂浮了一层鸡皮疙瘩。

阿午缩在四平叔屋外墙角，呆呆站在那儿。阿绿、大果和勤弟他们趴在人们后面，想往里挤。勤弟朝阿午走过来，碰碰他，阿午。

阿午看看勤弟，说，四平叔真死了。

四平叔家的门口闹起来，一堆人往外拥，他们要把四平叔抬去祠堂。如君婶啊的一声，好像喉咙破了。四平叔上初中的女儿绿芯姐从人群里撞出来，头发散着，嘴张着，可是很久听不到哭声，只一喘一喘的。

去祠堂，那一定是死了的。

阿午昨天还见过四平叔的。阿午向春顺点着头，说，是真的，四平叔还拍我的头。阿午手在头上摸了一下，好像四平叔那只手还在。那时，阿午为了要做竹枪，把院子弄得到处竹枝竹叶，又为了找玻璃珠子把纸箱里的衣服掏得一团糟，阿姐骂他，拿竹枝把他追出门。阿午跑到竹林边，一头撞在四平叔身上，他挑着木桶，刚浇菜回来。四平叔挡住他，拍拍他的头，跑什么，屁股着火了？你阿爸阿妈还没回？家里吃的还有？你和阿姐要顾好家。真像阿嬷说的话，阿午有点烦，脑袋一缩，从他胳膊下钻过去。

阿午记得很清楚，那只拍在自己脑袋上的手又大又有力，四平叔壮壮的，腰还挺挺的，声音和石块一样有重量。他是掉下山？被牛顶了？让拖拉机撞了？他们说是因为生病，这让阿午转不过弯。

大人们仍围在四平叔家不远的地方，谈着四平叔的病。阿午在一边转来转去，他听出了点大概，四平叔的病可怕在平日看不出，人好好的，不痛不酸不失精神，就是血突然流得不对，不按原先的路子走，乱窜了，就那么一会，抢不过来，人就完了，神仙也没法的。血没好好流？阿午蹲在墙根想，阿绿他们问什么他都不应声，几个人便坐在他身边玩石子。

阿午愈想愈不明白，他知道血是在身子里流着的，可是怎么流的？他抬起胳膊，看到几条浅浅的青色血管，里面就是血，怎么流人就能活？四平叔的血做什么不好好流？怎么把人流死了？血怎样流就能决定一个人的生死？阿午又疑惑又不安，他想象血在身体内窜来窜去的样子，想得满脑子是弯弯绕绕的红色。他想起阿爸，阿爸在家修猪栏修桌椅，拿着刀，划伤手的事阿午见多了，都会流血，伤得厉害了，一滴一滴的血把地上的木屑溅出坑。阿爸？阿午不自觉地喊了一句，带着哭腔。旁边几个伙伴猛地抬头，除了被打，寨里的孩子没人哭着想阿爸的。

阿午拍着屁股上的泥，站起来嚷嚷，我们去祠堂看看。说着走到前面去。几个伙伴都相信刚才那声阿爸是听错了，一个个跟在阿午身后。

祠堂已经挂起白帐布，看到那张白帐布，阿午他们站住了，呼吸小心了。他们记不得祠堂挂过几次白帐布了，白帐布后是躺着一个死人的，还有死人亲戚的哭声，白帐布前有张桌子，摆了香炉。每每这时候，阿午就尽量不经过祠堂，逼不得已得经过，就拼命跑。好在祠堂挂白帐布的时候，总有很多人在祠堂里走进走出，忙着说着，祠堂外还搭了竹棚，摆了八仙桌，有一堆人在洗菜择菜切肉削瓜蒸炒，做很多好吃的东西，好像这是死人后最大的事。有时，小孩会被拉住，分得几颗炸肉丸或两块鸡肉，吃着这些平日很难吃到的东西，会暂时忘掉祠堂里那领白帐布。

现在，祠堂外竹棚未搭，很多人忙着找桌子，交代人去砍竹子，白帐布后的哭声又乱又尖，像被一只手扭坏了，分不出是哪个人的声音。阿午知道，四平叔死得这么突然，棺材肯定还没预备好的，他现在是躺在木板上，盖着白布，再也动不了，也出不来了，得靠别人把他装进棺材抬出来。阿午打了个哆嗦，四平叔再也跑不了了。

有一次，阿午他们去摘麻芽，回来时边打闹，他和勤弟大果追着要，跑进四平叔的稻田，踩坏了一片稻子，四平叔刚好看见，一直骂着追打他们。当时，阿午带着勤弟大果躲躲在一条干水沟里，才没被四平叔追上。那件事后几天，阿午一直很紧张，阿爸正好在隔寨干活，每天回家，要是碰上四平叔，四平叔一说，他就死定了。后来，阿爸没提过那件事，肯定那些天没碰见四平叔。当时，阿午庆幸得好几天忍不住笑。现在，阿午突然想起这件事，阿爸打不打的好像不那么可怕了，他甚至希望阿爸当时知道那件事，狠狠打他一顿。

四平叔三天后送的丧。阿爸阿妈不在家，只有阿嫲代送了礼金表示。四乡八寨有人送丧，沿路总是围满人，这是百看不厌的，小孩子看热闹，看穿得奇奇怪怪的人，大人们边看边谈，评判棺材厚不厚重，丧事是不是办得尽心，孝子孝女媳妇们哭得尽不尽心。像四平叔这样年轻轻死去的，大人们只看，很少说话。平时，只占一个地方，把送丧队从头到尾看一遍就是。这次，阿午说，我要跟到山上去。

伙伴们木了。

阿绿先反应过来，我也一起去，我不怕。

接着勤弟说，我还没看过下葬，去看看是怎么样的。

我也去。大果说。

春顺当然也跟着了。

阿午他们远远趴在山脚一道田埂后，说到底，还是不敢跟得太近。不过四平叔要葬的地方离山脚不远，阿午他们赶在送丧队之前，看到那个长条形的黄色的坑。送丧队到后，一些人退开了，男人们扛着棺材慢慢放进那个长形坑，变得有气无力的哭声又尖起来，阿午看到那些人围在坑边，扬起铁铲，把土扬进坑里。阿午几乎听见土啪啪拍着棺材板的声音，一会棺材就被埋住了。阿午忍不住捂住眼睛。阿绿说，阿午你怕吗？反正这里看不到棺材的。勤弟说我们还是走吧，就这样了。阿午仍趴着，四平叔在棺材里，棺材是用大铁钉钉紧的，还要埋土，四平叔害怕吗？他不能回家了，如君婶连他的床呀，衣柜呀都扔在寨前池塘里浸水，大人说死人的东西这样浸一浸晦气才能去掉。

送丧的人都走了，阿午他们后面是大片的田地，面前是坟山，静极了，日光晒在背上头上有哔哔剥剥的声音。坟山上密密的全是坟，高高低低的，偶尔有一个坟面用水泥封了，画了图案，其他的大多是土坟，长满草，有些矮得要看不出来了。四平叔那个坟还是黄色的泥，撒满纸钱。阿午看见那些坟冒出烟，慢慢地烟聚在一起，变成一个个的人形，被风吹得微微晃，浮在坟头上，每个坟头都有一个烟形人。阿午知道，他们都是邻近寨子的人，有些应该还是他认识的，比如刚去世的四平叔，比如去年去世的老乌伯，但他都认不出来，因为那些烟形人的眼睛鼻子嘴巴好像都变成影子，模模糊糊，看起来都一模一样。阿午以为自己会很害怕，可他一点也不，那些烟形人不凶不生气也不高兴，就那么静静待着。阿午甚至有一点高兴，原来坟里那些人还能出来的。

看见了吗？阿午问。

看见什么？勤弟挤到他身边，照阿午的目光看过去。

阿午说，没什么，太热了，我们进竹林吧。坟山一旁有片竹林，阿午他们经常去。

在竹林里坐了很久，勤弟开口了，不回去吗？

阿午不说话，其他人也不出声。过了一会，阿绿想起衣袋里还有一把南瓜子，掏出来放在一个竹壳上，各人掐着南瓜子慢慢吃。这两天，他们都到祠堂外的棚里吃过东西，孩子从那里过，总能得到点什么，棚外还安排了小桌，专给小孩，那几顿饭，寨里的孩子吃到了平日很难吃到的肉丸、炸鸡肉、面裹虾、甜莲子、蛋卷……吃的时候，阿午一偏脸就看到祠堂门，想到里面的白帐布，四平叔死了，可嘴里的东西还是香，阿午尽量不去想"四平叔死了，他们能吃上这些好东西"这样的怪问题。

四平叔埋在土里面了。阿午突然说。其他几个人呆呆看着他。

阿午，我们回家吧。阿绿说。声音和脸色都不太对头。

阿午不再说话，但脑子怎么也停不下来。躺在棺材里的四平

叔会慢慢坏掉，皮呀肉呀，阿嬷说过，都要变成泥土的。当时阿嬷
这么说，阿午是一点也不相信的，现在他突然想起来。那是怎么
样的？四平叔还会不会痛？要是他害怕了，也喊不了，没人会帮忙
给他挖个洞喘气。不对不对，死掉的人不会喘气了，也不用喝水吃
饭了，什么都不用了，就躺在泥里。躺在泥里做什么，坏掉。绕来
绕去，又回来了，阿午的头痛起来，但仍是想。最后，棺材也要坏
掉的，也变成了泥。四平叔就不是四平叔了，只剩下骨头。那么大
一个人，剩下一小堆骨头，捡在一起，一个罐子就装起来。清明跟
大人们上坟，阿午经常能看到那种罐子，比家里装咸菜的陶罐高一
点，大一点，黑乎乎，盖着一个盘子，他知道里面是某个人的骨
头。阿午好奇，忍不住站下来看，阿妈就直扯他，让他快走。他不
知道为什么有人葬在坟里，有人变成骨头后要装在罐子里。阿爸阿
妈他是不敢问的，他问过阿嬷，阿嬷吓坏了，让他别乱说话。又双
手合成掌，冲着天拜，让天上的菩萨保佑平安，说孩子童言无忌。
这让阿午觉得问那个问题像做了天大的错事。

　　人变成骨头了，还认得出谁是谁吗？问题仍折磨着阿午。肯
定认不出了，都是一堆骨头，所有的人都一样了。阿午一颗南瓜子
卡在喉头，难受得喘不过气。

　　那天下午，他们去了风伯带阿午去过的水沟，在水里浸了半
天，别的什么也没做。回家时，阿绿说阿舅给大阿兄买了几本小人
书，邀阿午晚上去她家看——大阿兄是不许阿绿把书带出门的。阿
午说以后吧。阿绿看看勤弟和春顺，想问阿午怎么了，以前一听
说小人书，阿午被骂被打也要在她家看完才肯回的。

　　第二天，阿绿跟阿午的阿姐说起，阿姐说阿午昨晚是有点不一样，让干什么就干什么，一句也不推，活也干得好。

　　第二天，阿午觉得自己不一样了，他冲阿姐和阿绿鬼鬼地笑，她们知道什么。昨晚，阿午半夜还没睡着，下床，踮着脚在屋里转圈。坟里的黑比这黑得多吧，还没法动，慢慢全都变成骨头，没人认得出的。阿午想做点什么，他转得愈来愈急，后来猛地立住，他决定写日记，把自己的日子记下来。这是老师曾在班里建议多次而他嗤之以鼻的，不过他认为这和老师说的日记是不一样的。阿午害羞起来，但他开始摸索书包了，他记得里面有个新本子，阿绿的阿舅给了她几本，她给了他一本。

　　阿午趴在床里，忍着闷热把被单蒙在头上，在被单里打开手电筒，在本子封面歪歪扭扭写下：日记本。他害羞得耳边发烫，但又兴奋得胸口发烫。

九

　　我放下《琉璃夏》，觉得阿午把四平叔的死想得太严重了，但我忍不住也想到"死"这个字。死好像很平常的，电视里的战斗片经常死人，古代战争片，两大群人拿了武器，啊啊喊着往对方冲，乱成一片，一会，地上就倒下一大片。现代战争片死得更多，枪呀炮呀一起上，远远的人倒下去或飞起来，战斗结束，刚刚还举枪冲锋的人再活不过来。那时候，正义的那方死的人要是多一点，我就难受，主要是因为失败，或自己喜欢的角色被不喜欢的角色杀了，很不甘心。玩电脑游戏也经常死人，我经常是个高手，拿了枪藏在一个地方，啪啪啪地扫射出现的敌兵，每有一个敌兵被打中，我就一阵高兴。打死的敌人愈多，我得到的积分之类的奖励就愈多，我用这些奖励换更高级的武器，打死更多的敌人。因为死掉的敌人很多，我在游戏里成了英雄。

　　死啦死啦。有时，看见电视里的坏人死了，或我在游戏里打掉一个敌人，我高兴地喊起来，死一点也不可怕。

　　看动画片我更不会操心死了，因为里面的人物大多是不会死的。《猫和老鼠》中，被压扁了，被拉长了，被割成几片，用火烧，用水浸，用枪打，还是不会死的，我笑着看它们的身子橡皮泥一样，被弄得奇形怪状，又变回原来的样子。

阿午真的想得太严重了。

我看了一眼翻着的笔记本，上面浮起一个男孩的脸，很大的眼睛，他慢慢立体了，脚一迈走出笔记本，身子变大了，和我差不高，比我黑一些。

阿午，你那么怕"死"？我问。

阿午反过一问我，你不怕？

我歪着头想了想，耸耸肩，刚才，我就想了一大堆死。我没说出口，这是我第一次见阿午，我挺喜欢他的，不想让他觉得我在嘲笑他。

阿午像看得出我想什么，他摇摇头，表情像个小大人，说，你刚刚想的那些不是死，是假的。

假的？才不是，中刀中枪流了那么多血，有人连头都没有了，难道他们还能活……我停了嘴，电视里那些人是还能活的，他们的死是演的，只要导演一挥手，他们就能爬起来，换掉让血染脏的衣服——噢，那些不是血——又可以吃饭睡觉，说不定他们很快又会在别的电视剧里死掉。阿午说得没错，是假的。我低下头，很不好意思，也很懊恼，这是我和阿午第一次见面，我出糗了。

阿午不管这些，还是那个像大人一样的表情，问，你见过真的死吗？

真的死？

真的死掉了，认识的人，没了。

认识的人？是有过的，还不止一次，是爸爸同事的爸爸，或妈妈的亲戚，那种事发生的时候，爸爸妈妈会接到死人家属的电话，要是那个人爸爸妈妈很熟，他们就会叹气，说些想不到，或人生真无常等我听不懂的话。不过，他们不会感叹很久，很快会商量该送多少礼金，由谁去送丧。我问爸爸妈妈，送丧是什么。爸爸说就是把骨灰送到墓地，举行一个告别仪式。是个告别仪式，我再想不出别的了。为别人送丧的事，爸爸妈妈从不让我去。我刚上小学的时候，一个老舅死了，爸爸妈妈两人去送丧，连爷爷也去，我哭着嚷着也要去，留在家里陪我的奶奶说，这种事去做什么，以后我和你爷爷死了，有你送的。那时我问，爷爷奶奶为什么要变成骨灰？幸亏，现在爷爷奶奶还活得好好的。

这些跟你没关系的。阿午说，我看见四平叔死了，躺在木板上，从头到脚盖着白布，然后躺在棺材里埋进泥里了。几天前，他还和我说话的，让我别睬计划生育队那些人。阿午伸手揪头发，好像要把脑子里什么想法揪掉。

看过的？我想起来，接着啊的喊了一声，是的，我见过死人的。那天是星期六，爸爸带我和妈妈去郊区，说那儿的笋出了名的好吃。过桥一会，看见路那边挤了一群人，爸爸的车从路这边开过去，我看见警察和倒在地上的摩托车，看热闹的人被警察远远挡着，我们在路这边从车窗望出去很清楚。妈妈突然伸手捂我的眼，说别看。妈妈一说，我用力挣了一下。妈妈很快把我拉过去，抱住我的头，爸爸加大油门，开过去，我还是看到了在趴在血里的人和那条断掉的腿。我不住地发抖，妈妈紧紧抱着我，对爸爸说，把空调页往上拨一拨，太冷了，别开那么快。我是喜欢吃笋的，那天中午吃了一碗笋丝，好几个大大的笋饺，还喝一大碗笋汤，一些笋卷，但我一点也吃不出味道，妈妈问我怎么样，我说不知道。妈妈让我别吃了，要撑着了，可我还是吃，不停地吃。不知为什么，我对那天吃的东西记得清清楚楚，回家后，我肚子痛，半夜吐了好几次。现在，我一想那天，胸口还一涌一涌的很想吐。

　　我一下子明白阿午的感觉，又觉得自己的感觉和阿午的还是不太一样。我不知道该对阿午说什么。该死，为什么我们第一次见面要谈这个话题，他就不能谈谈那个叫掷橄榄核的游戏是怎么回事？我还想打开电脑，让他见识见识最新游戏，甚至准备把最喜欢的那双运动鞋送给他，我知道阿午喜欢到处跑，可他好像总是没穿鞋，天啊，没穿鞋多痛，他们那个地方又尽是石子沙子，我在公园脱过鞋，痛死了，完全走不了路，我还想……

　　阿午的脸模糊起来，要走的样子，他好像很失望。我脸红起来，低下头，再抬起脸时，阿午已经转身了，背影变得很淡，朝笔记本走过去。

　　阿午。我伸出手。阿午抬脚往笔记本里一跨，我看不见他了。

　　阿午走了，我还想说话，说什么都好，随便跟谁，我希望有一人和我说上整个下午，谈游戏，谈同学，吹牛，就是说说期末考成绩，说说我最不喜欢的英语课也是行的。

　　我决定给同学打电话。可能是习惯，我连打电话也先想到住得最近的罗尹键。正申，什么事？罗尹键问，声音像杯子里的水一样平。我一下子不知怎么说，支吾了一会，说，没。

噢。罗尹键说，过来玩吗？罗尹键说得心不在焉，我猜他正在做围棋练习题，他做那练习的时候，连说句话都不耐烦的。

我生起气来，说，不要了，下次吧。

那好吧。罗尹键扣了电话，一点也听不出我生气了。

我想了想，打给何力。何力很高兴，不等我开口，就说他姑姑给他买了新式遥控机器人，能跳舞能比拳还能唱流行歌，他正在家里试验，问我想不想去一起玩。我对机器人也没了兴趣，说，机器人我有，多的是。

这个可不一样。何力嚷起来，你肯定没玩过的，来吧。

今天我不想去。

那我拍几张照片传给你，你先过过眼瘾，你QQ开着。何力另一只手肯定拿着遥控，我听到机器唰唰的声音。他听不出我不高兴。

不用了，下次我去再玩好了。我扣了电话，对何力的高兴生起气来。

我不想再打电话了，妈妈在阳台洗东西，爸爸在书房忙，爷爷到小区散步，家里真静。我走进书房，在电脑前的爸爸抬了下脸，又在键盘上敲打起来，肯定又是什么表格呀报告呀之类的。我平时经常到爸爸书房闲逛，拿他写字台上的毛笔和墨水乱涂乱写，抽他书架上的书看，或把电子积木搬到他房间组装，他总是由我去，我们各忙各的，可今天，因为他的不注意，我难过起来。

爸爸。我坐在藤椅上，抱起双膝，把自己弄成一团。

嗯？爸爸一只眼睛看我，一只眼睛看电脑。

你会不会死？

爸爸猛地抬起头，所有的目光都看着我，小申？

你以后会不会死掉的。我咬咬牙，又问，忍不住想发抖。

爸爸站起来，绕着书桌转了两圈，站在我面前。会的。爸爸说，我有一天会死的，所有的人都会死。

我早知道爸爸的回答的，可我还是惊呆了，缩在藤椅上不说话。

小申，爸爸会死，可是你会长大……

又胡说什么。妈妈进来，打断爸爸的话，使劲瞪爸爸。她朝我走来，手放在我额头上，小申，现在是暑假，我允许你玩，你不去找罗尹键？让他教你下围棋，那很好玩的。

我摇头。

小申，你说什么死不死的，别谈这种话，要是太无聊，跟我去超市买东西。

我说，超市更无聊。

妈妈的脸色变了，小申，你怎么了？这几天不太对头，你最近在读什么书，学会胡思乱想，那本书不许看了。妈妈看爸爸，那本书你给他的？是童话？作文选？还是名著？你又心血来潮，弄什么歪书给他看？

那些假得让人想吐的作文选才是歪书。爸爸说，让他看什么我心里有底，你别操心。

小申，把你读的那本书给我。妈妈语气也不对了。

妈妈，你也会死吗？我问。

冯正申。妈妈扬高声音喊，又转过脸冲着爸爸，冯丁晌。

挡住他的眼睛，塞住他的耳朵就好吗？爸爸对妈妈说，这些事该让他知道的，既然他问了，说明他想过，再敷衍说不定他真的就会乱想了，我们不管不问？那才是可怕的。这是个机会，没有比这时机再对的了。

我听不太懂爸爸的话，可我知道妈妈被说动了，她很久不出声，歪着头想什么。

爸爸说，你去忙，我们父子好好谈谈。

妈妈看了我一眼，说，一会出来喝玉米汁。说完妈妈就出了书房。

小申，因为阿午？

我静了这么久，把塞在喉头的那口气吞下去，觉得能好好说话了，问，爸爸妈妈死了会怎么样？

爸爸说，会怎么样小申自己有没有想过？他拉住我的手。

我把手抽回来，赌气说，我才不想。

我和你妈妈死了会是很大的事，也是很小的事。对小申来说，可能觉得天要塌了，可别人没关系的，这个城市还是这样，世界好好的。有时也要看什么时候，爸爸妈妈要是在对的时间死，就是对小申来说也没关系的。

我听不太明白，但我不喜欢爸爸最后一句话。

就像秋天叶子要落一样，一点也不奇怪。

可我觉得奇怪，我说不清是什么感觉，像明白了点什么，可又很害怕。我想哭，又不知道为什么哭。

我不知道什么死不死的，和我什么关系。我赌气地喊起来，有点后悔问爸爸这个问题了。

还记得你的小乌龟吗？爸爸突然说。

小乌龟。我吓了一跳，是的，它死了，我亲眼看见的。那是我上一年级时养的，和妈妈去市场，硬要把它带回来。我决心要把它养成桌子那么大的千年老龟。可是第二年冬天，它不动了，爸爸说是冬眠了。我们把它安置在一个盆里，还用破衣服厚厚盖好了。那个寒假，我们回老家。再回来时也没去看它，我们相信，它在冬眠。第二年春天，我时不时掀开衣服看，它连头都没有伸出来。它还没睡够，又等。终于觉得不对头了，爸爸把小乌龟翻过来，喊，死了，已经死了。爸爸说是渴死的，壳里的肉都干了，我们忘了它需要水的。

我觉得小乌龟变可怕了，身子闪得远远的，不敢伸手去碰。以前，我经常把小龟托在手上，举得高高的，看它敢不敢爬出去，经常把它放在我的作业本上，陪我做作业。死掉的小乌龟让我又难过又害怕。我尖叫着让爸爸扔掉，爸爸说装个盒子把它葬在小区里吧。我觉得爸爸的主意好，可从头到尾，我让爸爸装盒，挖坑葬乌龟，一点也不帮爸爸的忙。后来，我经过葬乌龟的地方，总绕得远远的。

刚才，我也想把《琉璃夏》扔得远远的，可现在我好像比以前勇敢些了，敢去碰那本笔记本，还忍不住又看下去。

十

　　过年过节，每家每户都要祭祖的。阿午和阿姐都喜欢祭祖，阿妈会买平日舍不得买的肉，会包软饼，会做肉卷，借钱也好，反正祭祖桌会比平时丰富不知多少倍。阿午嘴里塞满东西，对阿姐说，祖真好，要是祖宗天天来吃饭，我们也天天吃好东西。阿姐白了他一眼，你就知道吃，天天祭祖，阿妈买得起东西吗？祖宗是知道的，过年过节来一次，保佑我们。

　　阿姐这么一说，阿午就四下望，香炉里的香还没燃完，外面铁盆里纸钱的灰还是烫的，祖宗走了吗？他问阿妈，阿妈让他别多嘴，再说不让他吃肉了。阿爸看了阿午一眼，阿午不敢再问了。阿姐挤到他身边，趴在他耳边低声说，你真笨，祖宗吃饱了，钱也收了，当然走了，这又不是他们的房子。阿午又忍不住往门外看去，好像想看看祖宗们的背影，他不止一次想看看祖宗的。

　　过年过节祭祖时，阿午总变得很听话，不出门四处乱窜，待在家里，主要是守在灶前，烧火，择菜，洗菜，递碗盘，运气好的时候，能先吃上半个蒸得不好看的包子或一块多出来的炸面筋。

菜准备得差不多的时候，阿妈让阿午摆碗筷，她指着桌子交代，碗这边摆五个，那边七个，每个碗配一双筷。阿午问，祖宗要分这边坐那边坐的吗？阿妈说，让你摆就摆，祖宗有礼仪的。桌子周围端端正正摆了条凳。燃香了，阿妈教阿午念：祖公祖嫲，阿公，老三叔……阿午边念边看着桌子周围空空的条凳，想，祖宗们坐好了吗？阿妈说老三叔没成过家，从小最疼阿午的，当阿午是他的孙子，可惜他在阿午四岁的时候就去世了。每次祭祖，阿妈总要说，让老三叔保佑阿午平平安安，老三叔最疼你的。阿午跪在那里拼命回忆老三叔的样子，一点印象也没有。

　　点了香，阿午就立在桌边，等祖宗们吃饭，他咽着唾沫，盯住桌上的肉菜，想象它们的味道。有时被想象拉扯着往桌边靠，撞了条凳。阿妈嚷起来，让他出门去耍，说他撞了祖宗，扰了他们吃饭。阿午忙闪开身子，他刚才真的撞在祖宗身上了吗？为什么他一点也感觉不到。他退了几步，好像看见桌边一下子坐满祖宗，都很老，端着碗握着筷子，夹着菜，边吃边说话，和人一模一样，阿午几乎有些紧张了，怕他们把所有的东西都吃光了。那个时候，阿午就会相信阿嫲平时讲的那些奇奇怪怪的事。

　　四乡八寨哪个人去世了，只要不是少的壮的，阿嫲说起来像吃饭那么自然，照她的话说，在该死的时候死，是有福的。阿午仔细看看阿嫲，她真没有一点怕的样子。看着送丧队，阿嫲经常谈起棺材里的人，大多是她熟悉的，可对那个人的死一点也不在意的样子。阿午不明白，问阿嫲，你认识死掉的这个人？阿嫲说熟得很，先清静去了，过几年我也要清静了。阿嫲说这些时一点也不难过，但阿午对她的样子总要印象深刻好一段时间。阿嬷愈来愈喜欢讲过去的人和过去的事，死掉的人也讲。

阿嬷说，寨西冯大头梦见他阿爸冯乌柴，冯乌柴说他屋子漏了，住得不舒服，让冯大头修一修。那时，冯大头正开始包鱼塘，整日割草，忙得脚不点地，没去睬。哪知道那个梦一做再做，冯乌柴一次次念叨，屋子漏水。冯大头后来说他在梦里也清楚，被念烦了，说，漏水有什么，寨里哪个屋不漏雨，拿盆拿先接着，有闲了我去修。冯乌柴骂起来，我屋子要塌啦，等你有闲，我还住不住了？把冯大头骂醒了。第二天，冯大头到山上一看，冯乌柴的坟果然破了一个大洞，再下两场雨就要塌了。冯大头拿锄头补了半天，冲坟头说，先将就着吧，等这塘鱼卖了，再好好修修。当天晚上，冯乌柴又进了冯大头的梦，说，就先这么撑着吧，这塘鱼会卖个好价钱的，到时好好修一下，生前没住上好屋子，死后也住得寒寒碜碜的。

说到这，阿嬷停下来。阿午急了，问，后来呢。

后来？后来冯大头那塘鱼当然出了很多鱼，又卖了好价钱，把他阿爸的坟修得结结实实的。

那是真的吗？阿午问。

阿嬷笑笑，好像那是明摆着的事，阿午问得很多余。

阿午想了想说，鬼真没用，屋子还要活人帮忙修。说完，呵呵笑起来。

哪个说没用，有些鬼是厉害的。阿嬷说，修坟是活人的事，当然活人修，鬼自有鬼的本事。不干净的水塘边不要去，那塘里有一个水鬼的，是淹死的，总不甘心，每天等在水边，专等走近塘的人，一把把人拉下去，它自己就能去投胎了。运气差的人晚上不要乱走，要是碰上了，最熟的路也认不得了，转不出它设的圈子。要是碰上更凶的，弄得你事事不顺，精神不好。

阿午低下头，看看阿妈给他戴在脖子上的护身符，觉得安慰不少。他不想再谈这个了，却仍忍不住问，死掉的人都会变成鬼吗？说"鬼"字的时候，阿午身上的皮肤一缩，想起在寨前看的电影里的某些镜头。

也有成仙的。阿嬷表情有点飘，目光越过阿午看着什么地方，不过那是有修为的大师，要不就是大善人，上天封作神，关老爷就是成了神成了仙的。

说到神仙，阿午高兴起来，他问，神仙能做什么？

神仙什么都能做。阿嬷肯定地说，神仙什么也不用想，得大造化了。

阿午不知道什么造化不造化的，但神仙什么都会让他羡慕，鬼也好像没原来那么可怕了，他们总比神仙差得多。

阿午想起祭祖，问，那我们家的祖宗是鬼还是神仙，鬼和神仙都要吃东西吗？

乱说。阿嬷说，祖宗就是祖宗，什么鬼不鬼，仙不仙的。

那祖宗是什么？阿午继续追问。

去耍，小孩子多嘴多舌头的。

阿午放不开这个问题，听了阿嬷的话，他更糊涂了。他不想问阿妈，阿妈不会好好跟他说的，肯定和阿嬷一样，要嫌他多嘴，随便拿几句话把他支开。阿爸他更不敢问了。要是问老师，肯定要说他迷信，他是教同学们讲科学的。阿午希望所有奇怪的东西能用科学解释，比如上次老师就用科学道理解释了鬼火，阿午听了，再不怕鬼火了。但奇怪的是，他又不希望阿嫲说的都是迷信，要全是迷信，用科学来说，死掉的人就烂了，变成泥了。阿午又害怕起来。

后来，阿午问过风伯。风伯很长一段时间没答话，只是卷着烟，点燃了用力吸，弄得阿午着急起来。他才开口，活人先管活人的事，阿午，你现在先活好了再说。

阿午说我活得很好的，他站起来跳了几跳，虽然很瘦，但感觉自己很有力气，并相信自己这个身子会一直这么好。

要是你愿意想，就想吧。风伯说，自己想，想得明白想不明白都是好的。

四平叔去世后第七天，如君婶家又热闹了，寨里几个婶子去帮忙，准备了供品和纸钱到山上祭拜。看着她们挑了东西出寨，阿午又想起祭祖的事，很想问问那个人，四平叔现在也成了祖宗吗？过年过会回来吃东西吗？吃东西的时候，他会看见绿芯姐和如君婶吗？

阿午又开始想以前那个想不透的问题。不管怎么样，他发现自己相信人死掉后还在的，不会什么都消失了的。晚上，阿午坐在蚊帐里，拿竹扇轻轻扇着风，黑暗里，脑子突然清楚了，死掉的人会变成另一种样子，像蝉一样脱掉壳，装在棺材里埋掉的就是壳，剩下的那个是透明的，和风一样轻，想飘去哪里就飘去哪里，不怕热不怕冷不怕渴不怕饿，想怎样就怎样，自由极了。

脱掉了壳的人——噢，那时候不叫人了，阿午想了想，决定叫自由影子，自由影子飘到天上，太阳那么高，日头晒不坏它，他能看到地球吧，是不是很美，老师讲过，地球是个蓝色的星球，美极了，阿午想象过可能像一颗玻璃珠子。能不能看到地球另外一面的人，是不是倒吊着？老师说世界是个球时，阿午怎么都不信，要是球形的，地上的人不是要滑倒了吗？有些还会掉到天空里去。老师说因为有引力，所有的人都能站得稳稳的。阿午还是不太信，他甚至吹了一个气球，弄了几只蚂蚁，气球上面的蚂蚁不掉，可爬着爬着总掉下来。他在气球上绷了胶带表示引力，可有了胶带，蚂蚁就粘住了，再爬不动。这么推，地球要是有引力，人怎么能走能跑，不会被粘住？最后，老师说，阿午，好好念书，以后什么也懂了，到时老师还要请教你的。

自由影子变得又透明又轻，可以分成好几块吧，一块往这个方向，一块往那个方向，高兴了再重新合在一起。要是都散成好几块，会不会和别人分出来的凑在一起，变成一个新的自由影子，这么一来，自由影子可以随便组合，分不出你和我，永远不会吵架打架了吧。肯定不会，自由影子所有的事都能做，有什么好吵的。

有一瞬间，阿午感觉好极了，好像终于给自己一个交代了。

阿午刚要躺下去，忽然意识要真是这样，还会想会干什么吗？可能不想干活不想吃不想睡不想耍不想去哪里了，四平叔要真是那样回来，也不想跟绿芯姐如君婶说话，不想理她们了吧。阿午猛地坐起身，难受起来，四平叔去世到现在，绿芯姐和如君婶没有一天不哭的，声音都哭没了，想到四平叔不理睬她们让阿午生气。可要是四平叔想理她们，她们又是看不见的，有什么用。

阿午焦躁起来，他觉得在一种透明的东西里绕来绕去，找不到出口，也没有一点提示的。

可能阿嫲说的是对的，阿午知道，不单是阿嫲，寨里所有的老人，包括阿妈年龄那么大的女人，想的都和阿嫲一样。那样的话，死掉和活着差不多了吧，也要屋子，也要吃东西，也会生气使坏，还会要钱。阿午记得有一次，寨里一个老伯死了，送丧时，他家的人烧纸钱，边烧边拿竹棍啪啪地敲地上。阿嫲说那是为了把别人吓走，免得亲属烧的纸钱让外人抢走了。

外人？没人抢纸钱的。阿午一时不明白。

别的死人。阿嫲说。

阿午望着祠堂外那一大片空地，纸钱烧成的灰飞来飞去的，真的有东西在抢吗？

死掉的人要真的还得用钱，那死掉和活着差不多一样了。阿午忍不住笑了一下，他们也用钱买吃的喝的用的，这就是阿嫲说的，这边的日子走到头了，换个地方换个方法过日子，时间到了又能回到这边的日子，从小孩子做起。阿午轻松起来，他觉得困了，躺下去，准备明天睡到太阳晒屁股，让阿姐打几下也没事的。多年后，阿午才发现那时绕来绕去地想，下意识里还是想扯回某个点，自我安慰。

闭上眼睛，眼前的黑又浓起来，他下意识地想，换个地方过日子，是不是要住在坟地那样的屋子里？阿午尖叫起来，把阿姐惊醒了。

十一

　　我扔了《琉璃夏》，到处翻找镜子，镜子在一堆纸呀书呀下面，很久没用了，我头发短得不用梳，也不用像妈妈那样天天照着一张脸。我把镜子举在面前，有点不习惯，好像镜子里那个人很久没见过了。

　　冯正申。我冲镜子里那张脸喊，镜里的人嘴巴也动了动，我得意起来，说实话，我这张脸还不错嘛，难怪班里的同学叫我酷申，还有叫我帅申的。突然，那张脸一点点长大，眉毛浓了，鼻子高了，长了青春痘，可也显得更酷了。青春痘在突然多起来后又突然少下去，痕迹慢慢淡了，下巴不再那么圆，还长了密密的胡子，两腮鼓鼓的肉没有了。接着，眼神完全变了，好像总在想着什么事，眼睛后长出尾巴一样的皱纹，额头的发好像给什么让路，直往后退。我还没来得惊叫，看到耳边有白发了，我伸手想把那根白头发拔掉，白发一根接一根长出来，再多长出几只手也来不及拔。正对白头发毫无办法，脸上的肉往下坠，皮都变宽了，多出那么多，挤在一起，变成一道一道的皱纹，又帅又酷的脸变得像揉皱的纸，黑黑的斑点也来凑热闹了。天啊，我——不，是镜子里那个人，变成一个老人了，那么老，嘴里的牙肯定也掉了不少，因为嘴巴往里缩。这个老人想去公园锻炼，可走得那么慢，不过他还是每天去，公园里有很多跟他一样的老人，他和他们在一起。他锻炼得很认真，可腰还是弯下去，腿也变细了，弄得他站不稳，家里人弄了一根拐杖，从那天起，没有拐杖他就走不了路。

老人还是去公园，走在路最里边，靠着墙，躲着行人，一个小孩啪啪啪跑着，双手划船一样挥得又快又高，他抬头仰脸只管跑，一下子把老人撞倒了，因为跑得太快了，小孩停不下住，还在习惯地往前跑，老人一只扶着墙，一手抓着拐，怎么也站不起来。小孩终于停下，跑回来，拉住老人的手，对不起，老爷爷。老人吓了一跳，我也吓了一跳，小孩是冯正申，可老人也是冯正申。

我把镜子扔在床上，胸口跳个不停，双手在脸皮揉着，脸上的肉还好好的，又滑又有弹性，看看自己的手，一点皱纹也没有。自己吓自己，我冲镜子说。我是被阿午影响了，四平叔死后他一直胡思乱想，他想那些做什么，有那么多朋友，他们的游戏又那么有趣，不好好去玩。还因为看了电视，电视就有刚才那样情景，想到电视，我不怕了，知道电视电影都是假的。可人真的是会老的，就像爸爸，像爷爷，他们以前都是小孩，现在成大人和老人，总有一天，会老得和镜子里那个老人一样的，然后就会……我不能想了，要和阿午一样不对头了，没事找事。

可真的会老，会……越不去想越忍不住想，还发现自己不敢再说那个字了。

　　不会的，现在和阿午那个时候不一样的，科学那么进步，阿午想都想不到的，现在还在进步，以后会怎么样，现在的人想都想不到的。记得老师布置过一篇作文，未来的……那时，我写了未来的医生，在那篇作文里写到，未来的医生发明了一种超级药丸，专门对付癌症，一颗超级药丸能把癌细胞消灭得干干净净，吃第二颗超级药丸，就开始生长健康细胞，那时，癌症就和感冒一样平常。妈妈看了那篇作文，哈哈大笑，说我胡编乱造。爸爸却不笑，说我的想法不是不可能，以前多少异想天开都变成真的了，比如神话的千里眼顺风耳，现在不是实现了吗，孙悟空的一万八千里也不是梦了，那时他能请龙王下雨，现在都能人工降雨了……我喜欢爸爸的话，他比死板的妈妈的灵活多了，说得多么好，什么都有可能。我突然很想写作文，现在就写。我找了纸笔，把门关上，妈妈很快打开门，头伸进来，问，小申，你做什么。

　　我要写作文。

　　妈妈惊喜地笑起来，忙说，你写你写，我不打扰你。说完把门关上了。

　　我开始写作文了，提笔就把题目写下来：未来的人类科学。我很得意这个题目，好像大学教授写的：

未来的人类科学

　　未来的人类科学发展到极高的水平，科学家已经知道了人类身体所有的秘密，能够解决人类身体所有的问题。

　　所有的病都能够医治了，科学仪器能很快查出身上病变或将要病变的地方，立即采用新型药物，杀死病变细胞，并随粪便或尿液排出体外。这个时候，再通过药物或电波治疗，对身体进行全方面调理，使身体变得和生病之前一样健康强壮。

　　爸爸一个当医生的朋友说过，身体最重要的是各个器官，要是哪个器官出了问题，很难完全恢复。到那时，这个问题早解决了。其实现在已经开始有希望了，我和爸爸看过最近的科学杂志，里面讲到已经有器官打印3D打印技术，这个技术不断进步，变得更加简单。人们在身体健康的时候，会找到专门培植器官的部门，把自己的心脏呀，胃呀，肺呀等所有器官复制一份，放在特殊的营养液里保管起来，要是有哪个器官病变了，或者功能差了，就换上原先复制好的器官。当然，在换之前，得再复制一份保管好，这样一来，器官就能不停更换。要是本人天生哪个器官的功能差，也可以复制别人的器官换上。人体内的器官就永远又强壮又年轻。

　　当然，骨头、肌肉和皮肤也会生病。科学家早想到了，在人很小的时候就从骨头、肌肉和皮肤里提取出一点细胞，培养起来。要是骨头、肌肉和皮肤生病或老了，就把培养好的细胞注入体内，新注入的细胞有很强的生长能力，老的细胞死掉，排出体外。一段时间以后，骨头、肌肉和皮肤就全换过了，又变得年轻极了。这种培养液还能用在受伤者的身上，人出了车祸或别的什么意外，这种培养液很快让伤口恢复得和原来一模一样。

　　那时候，做手术变得多么简单，全部由机器人完成，每个人家里都有这样一个机器人，专门管理这一家人的身体。

　　这个未来一定不会很远的，科学发展这么快，应该在我长大后就能实现吧，我大概三十多岁，肯定不到四十岁的。

　　这么一来，人的骨头、肌肉和皮肤总能重新变得年轻，器官能不停地换成健康的新器官，也就是说人能一直一直活下去，谁也不知道能活多久，反正长到人自己忘记多少岁了。

　　因为可以活很久很久，人们做什么不用那么紧张了，上学可以读一天，休息几天，反正有的是时间，想什么时候毕业就什么时候毕业。喜欢的事可以一直做，世界上所有的东西都要玩过，所有的地方都要去过，所有的人都能见一见，看能不能成为朋友。做完所有想做的事，人还是那么年轻，然后——然后把所有的事情再做一次。再然后……

　　我咬着笔，写不下去了，觉得再这么写，整个暑假我都在写这几句话。我的兴奋慢慢淡了，感觉到问题。要是所有的人都那么年轻，那不是没有爸爸妈妈爷爷奶奶叔叔阿姨了？因为看不出谁老一点，所有的小孩长成大人后就不愿意再变老，拼命换器官，换骨头皮肉，然后去试所有的事，可到后来，所有的事情都做腻了，人们不知道要干什么，他们四处走来走去，所有的地方都是熟的，所有的人都认识了，一点也高兴不起来，有些人开始害怕过日子了。因为几乎没有死掉的人，可小孩子在不断出生，那时，因为别的都不新鲜了，刚出生的小孩变成最新鲜、最让人激动、最有趣的事，所以很多人生小孩子。这么一来，地球上的人越来越多，动物和植物越来越少，水和空气越来越缺乏，人的味道越来越浓，地球要承受不住了。有些无聊到不知怎么办的人越来越难受，他们过得太久没意思了，会让自己的生命结束掉，可那样结束掉，还不是和现在一样，死掉了？

笔掉了，这不是科学了，我自己也感觉这次真是在胡思乱想了。可是，我还是忍不住想下去，首先得解决地球上人太多的问题，我对自己说，好像我是拯救地球的超级英雄，所有的人都把希望放在我身上。我扑在床上把脸埋进被单里，呆了一会，又站在床上不停地跳，后来在房间里转圈，弄得又累又渴。我先去客厅倒水喝，妈妈高兴地问，写好啦，老师布置的吗？

我随口应着，自己想写的。

自己想写的！妈妈呵呵笑起来，应该表扬，小申能主动写作文了，写什么，我看看。

还没好。我忙说，你要看，我写不下去了。

好好好，我不看。

我进了房间，把门关上，大口大口喝水。突然，拍拍脑袋，脑袋好像明白了些，没错，人太多就搬走一些，陆地住不了搬到海洋去，在海洋里建比龙宫还美的房子，再往空中去，用很高很高很大很大的柱子撑起空中城市。不过，不知那样地球是不是受得了，再说，海洋里的鱼还要活的，半空中氧气一定太少。只能这样，地球住不下搬到别的星球，那时，宇宙飞船比飞机还多，到别的星球像现在出国那么容易。人类会在别的星球建立超大型的基地，为了让离开地球的人不那么想家，科学家把基地建得和地球一样，也有江河湖海，也有花草树木，也有动物，不过，这些都得在一个玻璃罩里，要是走出去，就得穿上特制的衣服，背上氧气，像现在的人旅行带行李一样。

开始，离开地球和那些人很难过，依依不舍地和地球上的人告别，可又忍不住高兴，因为地球已经没什么新鲜事了，到别的星球是件从没有做过的事。留在地球上的人羡慕极了，不过也没法，因为一切是抽签决定的。

搬到别的星球的人开始很兴奋，在新的星球上四处闲逛，他们有的是时间，身体哪个部分老了就立即换新的。他们发现新的星球看起来和地球一模一样，抬头往上望，也看见天空和太阳，因为那个玻璃罩子极透明，又极高，眼睛是看不见的。人们只知道有个罩子，知道自己在罩子里面，很多人不舒服，再说，罩子里的东西一点也不新奇，他们想到罩子外面看看。

去罩子外面的人像去探险，穿了防护服，带了氧气，一直走，发现全是灰扑扑的泥土，没有东西南北，往哪边走都一样，气温有时很高，有时很低，不过防护服能让人体保持恒温。去罩子外面的人总是很快回来，因为实在太无聊了，可回来也不知做什么，时间是那么多。

科学技术越来越发达，慢慢的，人们有办法在地球和新开发的星球间来来去去，像旅游一样。不过，来往多了，人们发现新星球的日子和地球的日子一模一样，有时，人们会忘掉自己是在哪个星球，身边的人还是不会老。

很久很久不会死掉，有那么多时间，人们还是难受，难受怎么办？

我的脑袋卡壳了，科学怎么样我能一直想一直想，可难受怎么办，我不知道。谁知道呢，我很小的时候就会难受，爸爸那么大了也会难受，爷爷那么老了还是会难受，谁也没有办法。对难受没办法，活很久很久好不好呢？

　　我的脑袋乱了，突然想起爸爸说过，人类再这么过下去，身体会越来越坏，科学会发展，细菌和病毒也能进化的。这么说，人是不是永远和现在一样，活着活着，老了，死了，有些还没老也死掉了。

　　不会的不会的，人类厉害着呢，可怎样厉害？我想不出来，我没法给刚刚写的这篇作文结尾了。我想睡觉，把这种烦人的问题丢掉。

十二

晚上没睡好，阿午起床时感觉脚底飘起来，在床边晃了一会才开始走，走到门槛坐下，很久迷迷呆呆的。阿姐从灶间出来，嘴唇和鼻子尖沾着黑灰，像小老人又像小丑，阿午愣愣看着阿姐好笑的样子，他没想到笑，要是平时，他会笑得捶墙拍膝的。阿姐照阿午胳膊上一拍，还不醒，我煮好粥熬好猪菜了，快，扫屋子去，喂鸡去，我要喂猪。

阿午没动。

阿姐把扫帚丢在门槛边，声音扬起来，快，再迷糊我拿摇井水浇你了，阿爸阿妈不在家，你就懒，等他们回家，一起算账。

阿妈……阿午嘴里喃喃着。他看着阿姐，脑子被黏住了，昨晚想的那些东西挤在里面，挤得变形，糊成一团，什么也分不清。我头痛。他说。

头痛？阿姐蹲下身，看着阿午，阿午眼皮耷着，脖子垂着。阿姐摸摸他的额，骂，昨天又去耍水？

　　阿午挣开阿姐的手，拿了扫帚要去扫屋子，阿姐抢下，拿来风油精，往阿午额头抹，阿午挥着手说，不是这里痛，是脑子里痛。阿姐吓了一跳，脑子？她双手扳着阿午的头，扭来扭去地看，好像阿午的脑袋破了个洞，她胡乱往阿午头上抹风油精，脑顶、后脑勺、额头、太阳穴都抹风油精，没想到她力气那么大，阿午挣也挣不开，一会整个头就变得火辣辣的。抹完风油精，阿姐还要阿午躺回床上，说他这几天在外面乱窜，中暑了，阿午不肯，说躺下更痛。

　　阿姐想了想，说，先喝粥，喝完粥我带去赤脚洪那里看看。

　　我不看，不用的，抹风油精就好了。阿午边喝粥边摇头，赤脚洪的药苦死了。

　　苦不死你，要真是中暑了，最好让他先扎一针，等阿爸回来了去还钱。阿姐把猪食倒进猪槽，又急急忙忙拌糠饭喂鸡。

　　阿午说，赤脚洪要是敢给我扎针，我折了他的针，打了他的药。

　　怎么说都没用，阿午刚放下碗，阿姐就揪住他，要带他去找赤脚洪。

　　你放开我，再不放开，我打你了，打得你找不到牙。阿午冲阿姐嚷，他的一只耳朵和一只胳膊捏在阿姐两只手里。

　　你试试，敢碰我一下。阿姐扬着下巴笑。

　　你是女的，不够我打的，再说，打了名声不好。阿午梗着脖子，只能随阿姐走。走了一段，阿午喊了一声，说头又痛得厉害，这样歪着头走，要痛死了。阿姐猛地放了手。阿午说，我自己走，让赤脚洪给我个止痛片，吃下去就好的。

阿姐放心了，赤脚洪会看的，给什么药他心里有底。

你膝盖多少次摔了大口子也不哭，扎根针怕什么。阿姐走在前面，说。

阿午往竹林里看看，瞄好路线，身子一转，跑进竹林。阿姐追上来，你骗我是不是？你敢骗我，快回来，今晚回家我打断你的腿。快停，我要告诉阿爸了。

阿姐哪跑得过阿午，阿午两拐三拐出了出了竹林，又折回寨里。阿绿家最先到，阿绿正在喝粥，抓一把炒花生米给阿午，高兴地说，今天这么早，要去哪？阿午说他先去大果家等着，让阿绿吃饱了去喊勤弟和春顺。

阿午他们喜欢去大果家，大果两个阿姐都比他大好几岁，去他家，她们不念叨，有时还给瓜子、冰糖，运气好的时候还能得到饼干。最主要的，大果的阿爸阿妈很少让大果干活，尽让大果和阿午他们几个在院里耍，他们耍得自在。大果的阿爸阿妈出门了，他和两个阿姐喝着粥，还有油条。阿午很快得到一根油条，吃着油条，他觉得头不那么痛了，油条的香气让脑袋不那么乱了。

阿绿他们很快来了，商量着今天去哪，还上山吗，去溪边吗。阿午闷闷地说不想出门。他以为他们会问的，可他们没有，说好呀好呀，今天在大果家耍。大果立即把牙龈全部笑出来了。

耍什么？勤弟跳着脚问，做竹枪？摔泥碗？扣安仔卡？

跳格子？跳绳？过家家？阿绿也想了几个。

大果还是笑着，说都好都好。

掷橄榄核吧。阿午兴致不高，随便说了一个，说完他自己觉得没趣，他不知道自己怎么了。

他们却都高兴得很，准备掷橄榄核。大果说正好能到桂莲老婶那里拿橄榄核，有一段时间没去拿了，她该积了不少。他们欢呼起来。

桂莲老婶家他们也是爱去耍的。桂莲老婶在大果家隔壁，家里就她一个人。寨里所有的孩子都听阿嬷讲过桂莲老婶的事，桂莲老婶嫁给陈有利三年后，陈有利就下南洋了，留下桂莲老婶和儿子阿卯。陈有利再没有回家，只是寄钱回来。寨里人都知道陈有利在南洋又娶了媳妇，生了儿子，可是谁都不说。阿卯长到十岁时病死了。讲到这里，阿嬷们单单叹气，不说话了。等得孩子发急，然后呢？然后？然后就这样了。

孩子们觉得无趣，桂莲老婶故事这么简单，不过，孩子们喜欢桂莲老婶。桂莲老婶家里总备着冰糖、炒花生和饼干碎，寨里哪个小孩从她家门口过，她都招呼进去，给一点好吃的。孩子们有事没事去她家逛逛，总不会失望。大果住在她隔壁好处最大，桂莲老婶给他最多吃的，吃橄榄后的橄榄核全部留给大果。桂莲老婶最欢迎他们几个，因为他们会待在她的客厅玩耍、争吵、大笑，有时半天才走。别的孩子想吃糖又不想进门，因为桂莲老婶给了糖后要和他们说话，而她说的话孩子们是不喜欢听的。

在桂莲老婶家耍，阿午他们还要问这问那的，他们问过她，当年为什么不回家？他们说的当年是阿卯死去的那年，家是指桂莲老婶的娘家。大果的阿嬷讲过，阿卯死的那段日子，桂莲老婶一个人关在屋里，寨里人都以为她要死了。后来，她瘦成一张纸偶出门，寨里人以为她要回娘家了，可她一直住到现在。

一问这个，桂莲老婶的笑就没了，说，娘家哪还是我的家？我是嫁出的人，回去看白眼，还要受冷言冷语，有什么好的。这里好，反正人是不会回来了，就算我的屋子了，我自个的屋子。

桂莲老婶说的阿午他们不太明白，但她说我自个的屋子时，表情很特别，后来，阿午一直记得，时不时会想起来。

桂莲老婶家的大门半合着，阿午他们老婶老婶地喊着，推门扑进去，然后，他们站住了，不再喊，喊了一半的也停下来，僵在大门边。桂莲老婶又在油刷她的棺材，棺材放在大厅，正对着大门，桂莲老婶直起身，拿着刷子，冲他们笑。可就算她再笑，孩子们还是害怕。阿午想往后退，可对那个棺材又好奇——虽然他们看过好多次了，再说，桂莲老婶也朝他们招手，让他们进去，边笑他们，还害怕？她拍拍棺材。都不想让人说自己胆小的，他们硬着头皮往屋里走，脚步放得很小，目光又想避开那个棺材，又忍不住想看。

其实，桂莲老婶的棺材他们很熟的，不单阿午他们，全寨人都知道。这是桂莲老婶为自己准备的棺材，好些年前就备下了，阿卯死后，她把南洋寄来的钱存起来，很多年后，买下这个棺材。棺材放在家里，每半年上一层油，使棺材油晃晃地发亮，桂莲老婶喜欢屈起手指敲打棺材，当当地响，好像棺材是铁质的，她自己说比铁好得多。

阿午他们觉得桂莲老婶怪，自己给自己置棺材，自己油刷，还拍着棺材说不用多少年，她就该躺到棺材里去了。说着这些话，桂莲老婶看起来高兴得很。阿午他们问，弄个棺材在家，不害怕吗？桂莲老婶只是笑，有什么害怕的。阿午他们几个觉得桂莲老婶这个人不对头。

可寨里的阿嬷们不这么觉得，谈起桂莲老婶的棺材，阿嬷们话就多，说桂莲老婶那个棺材是用多好的木头做的，棺材多厚，是寨里最厚重的棺材了，这么一年年油刷下去，那是再也找不到的好货了，不漏水，不腐烂。阿嬷们说桂莲老婶的命苦是苦，到头来还是熬出一样福气的，毕竟陈有利不敢不认她，钱年年不断，能买下这样一口棺材。阿午他们觉得阿嬷们也是不对头的。

桂莲老婶油刷棺材的时候，是她最高兴的时候，这时候阿午他们也能得到最多好吃的，整瓶的冰糖，整袋的碎饼干，摆在面前任吃。桂莲老婶一下一下地刷着棺材，嘴里轻轻哼着潮曲，比阿妈绣花还用心。阿午实在忍不住好奇，问，老婶，棺材你不怕？死掉的人才进棺材的。

桂莲老婶笑起来，仰起脸笑得呵呵呵地响，好像没有比这更欢喜的事了。她的手在棺材上摸来摸去，说，棺材是我以后的屋子，这屋子单单是我的。桂莲老婶的语气和表情和平时不一样，阿午不敢再问下去，他听不懂，可是长大后总忍不住要想起这些，这些好像跟他一点关系也没有，又好像有很大的关系。

东西吃了，桂莲老婶还在刷棺材，我们想走了，提到橄榄核。刷棺材时，桂莲老婶最好说话，她往灶间一指，让阿午他们自己拿。他们找出整整一大碗，欢呼着拥回大果家。这一整天他们就在大果家耍了，上午掷橄榄核，磨橄榄核哨子，下午做竹枪，在围墙上画圈打靶比赛。大果家煮晚饭时，阿午准备回家，说今天不出门也要得过瘾。跑出大果的家时，他们胳膊往后翘起，想象自己变成鸟，一路嘻嘻哈哈。阿绿、勤弟和春顺各各回家，阿午双手突然垂下去，脖子也垂下去，提不起劲，不知怎么的难受起来。推开家里的篱笆门时，他想明白了，认为是因为桂莲老婶的棺材。

阿姐骂阿午整日不归家，说明天开始不许他出门，要关他几天，阿午也不应口，择菜、喂鸡、扫屋。阿姐从猪栏边走过来，手放在阿午额头，还头痛？阿午扭了下身子，没好气地说，好着呢。阿姐本来又要骂，看看阿午，问，你在外面惹祸了？

好着呢。阿午提水给篱笆边的花浇水。

要是惹祸，阿爸回来你就知道了。阿姐说。

阿午没说话了，一直到吃晚饭，洗澡，上床睡觉。阿姐坐在灯下掰花生，睡觉前，她掀了阿午的蚊帐，摸摸阿午的额，又去拿风油精，在他额头乱抹。

该死，阿午又看见桂莲老婶的棺材，他不知怎么躺在棺材里，棺材是很大的，可阿午胳膊动不了，脚动不了，转个头都磕了鼻子，棺材四面的板好像一直在挤他。棺材里的空气愈来愈少，阿午拼命吸气，还是喘不过来，他推棺材盖，推不动。他喘得愈来愈厉害，胸口像压了块大石头，阿午猛地坐起身，额头在棺材盖狠狠撞了一下……

阿午醒过来，背上全是汗，他伸长胳膊摸着，摸到了蚊帐，长长呼口气，不是棺材，拿竹扇扇起来，真好，空气又多又凉。阿午再睡不着，只想着一件事，桂莲老婶的棺材该有个透气孔，能砍个大洞更好。桂莲老婶自己肯定舍不得弄的，她要棺材连水也漏不进去，阿午决定自己动手，帮桂莲老婶的棺材弄个洞透气。

喝过粥，趁阿姐在喂猪，阿午出门了，提了厚刀。阿午跑得很快，觉得是去做一件了不得的事，好像慢一点事情就做不成了。阿午碰见阿绿，阿绿追着问，阿午，你做什么？阿午不敢答话，跑得愈快。勤弟也追上来，阿午，你做什么？

我做什么。阿午愣了一下，脚步慢了。但阿绿和勤弟追上来，阿午又跑。

站在桂莲老婶家门口，阿午有些呆了，那个棺材昨天才上油，一定还在客厅。大果擦着鼻涕，跟在阿绿身后，也问，阿午，你做什么？

阿午，桂莲老婶要借你家厚刀？

没，没事。阿午往回走，沮丧得不知怎么办好，他突然很想阿妈，她好像很久没有回家了，阿午甚至有个不好的念头，阿妈会不会以后都不回家，家里永远他和阿姐两个了。阿午被这个念头惊住了，又跑起来，跑得那么快，要把念头跑掉。他拿着厚刀飞跑的样子吓坏了后面几个伙伴，阿午最近总有点不一样。

十三

　　家里多了个人。阿午想，他嘴里说出声来，还是没法接受，他一向算得好好的，家里有阿爸阿妈阿姐和自己，有时，阿嬷也来，再多个人是怎么样的，他用力地想，还是想不清楚。阿午往前凑了两步，伸长脖子，没错，是多了个人，他的阿弟。

　　这是个人吗？阿午差点问阿妈，幸亏他只把嘀咕咬在口里。那么小，包着旧衣服和大毛巾，阿姐一只手托着，一只手搂着，好像怕抱坏了，阿午看见他不停地动，脑袋还没阿爸的拳头大，又红又皱，头光光的。这是他的阿弟，刚刚出生的，阿姐拿指头碰着阿弟又红又小的鼻头，阿午也伸出指头，碰了一下，指头的感觉惊得手指一缩，他终于确定，从此有个阿弟了。

　　阿午是半夜被惊醒的，惊醒前，他在梦里得了阿妈给的一个鸡蛋，许他自己安排，他正飞跑着去卖掉，谁喊了一声，他手里的蛋摔了。阿午懊恼地揉眼，坚信是阿姐要他起床烧火，准备给她一拳。他的拳头举在半空，听见声音从隔壁屋来，很闹，四周还很黑，阿午胸口一跳，那些人又来抓阿妈？要拆屋子？喊了一声，不见阿姐，他跳到门口去拉门，害怕变成惊奇，闹声里有阿妈的声音，有后屋丽婵婶的声音，另一个听不出是谁，只知是个阿婶。

拉开门，阿爸和阿姐站在院里，阿午刚要喊，阿姐过来拉他的胳膊，手一抖一抖的。

阿午要往隔壁屋去，他听到阿妈的声音愈来愈响，很难受的样子，阿姐拖住他。阿妈要生了。阿姐压着声音说，比说一个秘密还小心。阿午立住了，用心想着阿姐的话，迷迷糊糊的，不知要做什么。

阿爸也不知要做什么的样子，在门前站了一会，就在院里绕起来，一会，点了一支烟，吸了两口，一定是很大的两口，阿午看见烟尾巴的火星爬得那么快，然后阿爸把烟扔了，两只手搓在一起。丽婵婶端了脸盆出来，阿爸扑过去，丽婵婶一手把门关上，用肩膀挡住阿爸。阿爸看了看门，往后退，阿妈的喊声又响了，阿爸双手在衣服上抓来抓去的。

阿爸慌了，阿午也慌了，他从没见过阿爸慌的，家里大点的事阿妈就说问问阿爸，比如他和阿姐的学费什么时候交，田里种什么品种的稻子，阿妈处理不了的事就说等阿爸来，比如猪栏塌了，屋顶漏雨了。现在，阿爸一点也没法，丽婵婶还嫌他碍事，让他离门远一点，他又在院子里转起圈。

屋外那么静，屋里那么闹，阿午突然想，阿妈会不会死，他听过好多生孩子死掉的故事，想往屋里冲。阿姐沉下身，半个人吊着他，喊阿爸。阿爸走过来站在他们身边，低下头，可没看他们，也没说话。阿午不动了，指头攥在手心，他不喜欢那个要出生的东西，阿姐说不是东西，是阿弟或阿妹，阿午准备找个机会，趁阿爸阿妈不注意给那个阿弟或阿妹一拳。但看到阿弟后，阿午把拳头伸进裤袋里，觉得它又荒唐又可怕。

屋里传出哭声时，阿爸阿姐和阿午都没动，他们转着头看来看去，好像不明白那是什么声音。门开了，丽婵婶伸出半个身子，嚷，男丁呀。阿爸上半个身子往前倾，扑过去。阿午和阿姐也扑上去，阿爸进屋了，门关了，把他们关在外面。阿姐趴着门缝看，说，是阿弟。阿午把阿姐挤开，也趴着门缝看，想，阿妈不会死了。

屋里哭声，笑声，说话声，屋外好静，阿午和阿姐趴得脖子酸了，只看到屋里晃来晃去的影，看得眼睛也酸了。阿姐在门槛坐下，阿午也坐下，有种说不出来的舒服。院子黑黑的，可那黑像是透明的，看得见篱笆、摇井不说，还凉凉的，阿午想，早知道把竹席搬到院子睡，阿姐一定也觉得凉，吸气吸得又长又响。阿午仰起脸，星星多极了，阿午的嘴巴张开，很久没合上，他又胡想了。他记得六岁起有这个胡想的，想摘一颗星星下来，用线穿了，挂在脖子上，一定又亮又凉，照着路，夜里出门再不用手电筒，夏天还不用拿竹扇。他无数次想象，夏天的晚上，寨里每个人脖子上都挂着一颗星，整个寨子会是什么样。阿午对阿姐说过这个想法，阿姐笑他傻，说，你猪脑子呀，哪有这样的。可阿姐又说，要真是这样就好了。后来，阿午听老师讲过，星星都是星球，大极了，很多比太阳还厉害，阿午惊呆了。可一到晚上，阿午就忘了"科学"，又开始胡想，看到星星就想，有时想得呵呵笑起来。

阿午呵呵笑起来，阿姐也笑起来时，门开了，丽婵婶朝他们招手。阿午惊讶地看到阿爸"抱着"阿弟，胳膊直直的，好像扶着要升屋的一根大梁，丽婵老婶很快接过去。阿午看了一眼床上，阿妈躺着，很累的样子，可她笑着。

大人只许让阿姐抱阿弟，阿午只能看。阿午的手指触碰了那个小鼻头后，感到"阿弟"这个称呼真实起来，一种醉人的骄傲让他有些站不稳，明天，他将在大果他们面前说，他是阿兄了。阿弟一只手伸出旧衣外，阿午摊开掌托住，好小的手，就在他掌心。阿午慢慢合掌，那只小手一动一动的，热乎乎，软乎乎，弄得他手心痒痒的。

阿弟有名字了，阿寅，和他一样，用出生时辰当名字。家里真多一个人了。阿午想，阿爸阿妈阿姐自己，还有阿寅，有时加上阿嬷。阿午凑到床前，问，阿妈，我以前也这么小？他看看阿爸，阿爸在给接生的婶子和丽婵婶封红包，他一直笑着，阿午胆子大了许多，半个人趴在床沿。

你出生时还没你阿弟大呢。阿妈笑。

阿午转头看看阿弟，又看看自己的身子，半天没声音。

你不信？阿妈又笑，不信问你阿爸。

阿午抬头看阿爸，阿爸说，回去睡，让你阿妈也睡会。阿爸的话，阿午不敢不听的，可今天阿爸的语气很不一样，软软的，像含了很多水的海绵，阿午装着听不见，缠问阿妈，我真这样的？阿妈骗人。他直起身，腰挺起来，往上拉着脖子，以展示他的个子，因为有了阿弟，他相信自己瞬间变得强壮。

　　阿午十岁了，一天天长起来的，再长快点，要比阿妈高了，去睡吧，睡足了才能长高。阿妈从被单下伸出手碰了碰了他的手背，他的手缩了一下又凑过去，阿妈不在家很久了，在家的时候，她摸他的头，生气了拍他的脑勺，掐他的胳膊——阿姐就是学她的样子，以后，阿妈这手要整日抱着阿弟了。

　　我不信，我看不到长大。阿午扯住阿妈的手，有些耍赖了，也确实很惊奇，他每天看着自己的胳膊腿脚身子，都一个样，怎么就能从阿弟那样小变成这么大。

　　回去睡了。阿爸说。他让阿姐把阿弟放在阿妈身边，眼光和声音硬了。阿午放了阿妈的手，扭扭捏捏地跟阿姐出去。

　　睡不着。阿午可以想象把星星挂在胸口，可想象不到自己从阿弟那么小长到这么大，怎么没有一点感觉？如果是这样，自己弟弟那么小的时候，阿妈整日抱着自己？阿爸也抱过他？！阿午坐起身，双手扣着脑袋，拇指挤压太阳穴，像要把那些相关的记忆挤出来。脑袋痛极了，没有一点印象，阿午在床铺上翻跟斗。

　　还不睡，我告诉阿爸了。阿姐掀开蚊帐，伸出脸说。

　　我以前像阿弟那么小？阿午也把头伸出蚊帐，问。

　　阿姐头歪了一会，摇了摇，我记不得。

　　阿妈骗我。

　　阿妈没骗人。阿妈说，你小时候可小了。

　　我小时候？阿午跳下床，我小时候怎样？

　　小时候好烦人的，捣乱鬼一个。阿姐哼一声。

　　你才烦人。阿午把阿姐的蚊帐挽上去，坐在阿姐床沿，在她肩上捶了一下，你和阿妈一样，骗人。阿午凑得很近，他发现可以在阿姐这里找回一段时间。

为了证实自己的话，阿姐开始叙述阿午作为捣乱鬼的证据。

阿妈担水最怕碰上你，进门就喊你走开，你偏不，跑过去，拍着手笑。阿妈水桶刚放下，你一条胳膊插进水里，衣服全湿了，冬天那么冷，全部衣服都得换，没那么多衣服，阿妈给你穿我的花外衣。阿姐看着阿午嘻嘻笑。

假话。阿午有些急，家里有摇井，阿妈挑水做什么？

那时还住在老屋，新屋一开始也还没摇井。

阿午呆住，垂下头咬着唇想，不记得还有住在老屋的日子，也想不出院子没有摇井是什么样子，他失望地抬起头，对阿姐生起气来，她记得的这些好像从他身上抢过去的。

每次都这样，有时一天要换两身哪。阿姐又笑。

他喃喃地说，阿妈都没说什么，你笑什么，又没烦你。

没烦我？阿姐的声音变高变细，我让你烦死了。阿爸阿妈忙，我整日带你，你说没烦我？我烧火煮饭，你坐在柴草堆边，爬来爬去，把柴草弄得满间，还扔在我头上身上。我背你，你又抓我头发，我好好的辫子弄得像鬼，还扯下好多头发来，痛死了。

阿午看看阿姐的发，要长到屁股了，那么多，满满一大把，他不相信自己抓下了很多发。现在，除了阿姐惹他生气，他才偷偷从背后拔下一根，让阿姐心痛半天。

你又不信？阿姐哼了一声，反正那是真的，还有好多，说不完的。阿姐扬着下巴，侧着脸看他，虽然屋里很黑，阿午还是看得见阿姐得意的眼睛和鼻子，她好像藏着一大堆阿午没有的好东西，更气人的是，这堆好东西她就是摆出来，阿午也拿不走。

我不听了。阿午跳下阿姐的床铺，困死了。他拉了个很长很长的呵欠，爬回自己的床铺，听见阿姐在身后呵呵笑。

阿午还是睡不着，他趴着，被单卷成一团，塞在肚子下面，双手撑下巴，看蚊帐外窗口的位置，太黑了，一点也看不清窗口的样子，就像他想不起自己怎么长大的。阿姐说自己三四岁时最捣鬼，阿午最想知道自己三四岁时的样子，可阿姐怎么讲，他都不觉得那是自己。

阿午睁大眼睛瞪着黑，眼酸了，他眨了下眼，再睁眼，面前亮了，亮里坐着一个小孩，三四岁，阿午吓了一跳，细细看，和自己长得很像。

你是谁？阿午问。

小孩不说话，只看着阿午。阿午想碰碰他，终究不敢。坐了一会，小孩伸手揉了一下耳朵，阿午差点惊叫起来，这是他自己，三四岁时的阿午，他最爱这样揉一下耳朵了。

你是阿午？

……

你讲讲你——不是，我的事给我听。

……

我也是阿午，你说句话给我听。

……

三四岁的孩子，能说话的。阿午想，他担心起来，这是他自己，说话也不会吗？怎么看起来傻傻的。

　　你不是阿午。阿午最后下结论。小孩突然伸手在他脸上抓了一下，又把被单掀到床下，动作快得让阿午吃惊。阿午伸手抓他，手心一滑，小孩消失了。阿午愣了半天，喃喃说，可能真是我。可到头来，阿午还是弄不清自己小时候是什么样的，他把被单拉上床，一头钻进去，很快睡着了。

　　阿午醒来的时候，没有很快爬起身，他听了一会，听到阿妈的声音，听到小孩的哭声，没错，昨晚的事情是真的，家里多了一个人。他突然想起几天前种下的苦瓜籽，阿午喜欢随手把种子埋在篱笆边，瓜籽、菜籽、橘子籽、龙眼籽、草籽，一般埋了就忘掉，篱笆边经常新长出一棵什么来，有时阿爸拔掉，有时任其长着，有时自己死掉了。这是他第一次想起埋下的种子。

　　阿午跳下床跑出去，苦瓜籽冒出苗叶了，捉迷藏一样藏在篱笆边，阿午手指触了触那两片苗叶，感到从未有过的新奇。几天前，阿姐切了苦瓜，把苦瓜瓤丢在摇井边，瓤已经变红了，苦瓜籽有硬硬的壳，阿午掐了一颗，在篱笆边下，别的苦瓜籽被扔掉了。这棵苦瓜苗就这么长出来，会一直长，蔓上篱笆，长出新的苦瓜。阿午莫名其妙地想，自己是不是也这么长出来的，有没有一些别的阿午被扔掉了呢？

　　我这个阿午没被扔掉，长起来了。阿午又想，一种抑制不住的欣喜控制了他，扯着他跳起身，冲出篱笆门，沿路奔跑。

十四

爸爸买了一箱书，摆上书架后，空箱子放在楼梯角，我把箱子搬进房间，这就当妈妈的肚子了。为了更暗点，我关上门，拉了窗帘，箱子安排在床和衣柜间的角落里。我缩进箱子，胳膊和腿蜷在箱子四个角落，自己盖上箱，闭上眼睛，待上尽量长的时间。妈妈找到我的时候，我胳膊和腿都动不了，没法爬出箱子，妈妈几下扯坏了纸箱，把我放出来。

这是妈妈讲的，跟我讲，跟亲戚朋友讲，边讲边笑，听的人也笑。妈妈说那时我刚上幼儿园，每天缠着问她自己是怎么来的，因为无法解释，无法说服，妈妈不停地编各种版本，医生从她肚子里抱出的，天上一颗星星摔下来的，像孙悟空一样从宝石里蹦出的，从一个蛋里钻出来的……后来，幼儿园的课本出现了一组漫画，漫画里，一个孩子在妈妈的肚子里慢慢成形、长大。妈妈说我捧着书好半天不眨眼睛，然后不住地看她的肚子，她只能从科学的角度向我讲述。

在肚子里就这么缩着？不能坐不能站？那时，我问。

　　一直这么缩着。妈妈说。

　　闷不闷，黑不黑？妈妈说我当时这么问的时候一定开始动小心思了。

　　妈妈说她当时有些耍赖，对我说，我哪里知道，是你在妈妈肚子里，你才知道，你去好好想想，妈妈先去忙了。我真的进房去好好想了想。

　　要是妈妈不讲，我完全不记得自己把自己装箱那件事了。妈妈讲的时候，我就不停地想，还是想不清那件事，可是在箱子里的感觉却清楚起来，又黑又闷，身子又酸又痛，我想哭。

　　妈妈讲这件事时，我上小学了，妈妈说我傻，我也觉得上幼儿园时的自己傻。可不知怎么的，我想再试一次，不过，我已经知道不能用箱子，妈妈肚子里是有水的，我该在水里。正好，暑假学游泳，我在潜水眼镜的内层贴了黑色胶带，戴了，闭上眼，钻进水里。憋气太难受了，我找了长长的管子含在嘴里，捏住鼻子，待久了一点，好奇怪的感觉，耳朵嗡嗡响，身子轻轻的，水外面的声音像变成了云，飘来飘去的，不过我还是想不起在妈妈肚子里的时候，不知道这感觉对不对。

　　我扔了管子，撕掉黑胶带，再没试过这种事，这事我没告诉妈妈，没告诉同学，爸爸也没告诉，连我自己都想忘掉，想起来觉得不好意思，大概没人试过这样的事，要不是看了阿午的日记，我真的把这事忘了。

　　现在，我把这事清清楚楚想起来了，没有不好意思了，原来阿午也想不透，别的孩子也都想不透吧，说不定也试过和我一样的事。看到阿午种的苦瓜，我想起种过的向日葵。

把生瓜子种进泥土时，我希望第二天就能看到芽，可心里是不信的，我没法把一颗种子和一棵植物联系起来。几天后，芽钻出泥土，我感觉和电视里的奇迹一样。芽展成叶，长高，变成一棵植物，然后开花，那么大的花，像冲我说，还不信，你还不信？我想起那颗种子，拿来瓜子掰开，细看，是颗瓜子仁，把瓜子仁一点一点弄碎，没有一点奇怪的结构，可是能变成这么高的植物，长出这样的花！要是看到外星人，可能我也就这样惊讶了，我想跟别人说说这件事，同学听了，说这有什么好奇怪的，他经常在阳台上种豆子种花的。他认为我大惊小怪。我很着急，我说的不是这个，一颗种子成一棵植物，开了花，有的还成了大树，结果子了。

就是这样啊。同学看着我，耸耸肩。

我说的不是这个。我更加着急。

你说的是什么啊？

我不知道怎么说，不想再说了，跟爸爸也不说，说不出来的，很伤心，可一点办法也没有。看到阿午的苦瓜时，我呀的一声，阿午和我想的一样，和阿午我一定能说一说我的向日葵，就是不说，只让他看看向日葵，他也一定明白的。

向日葵一定不知道它以前是颗种子，可我知道出生，知道自己是从很小很小长到这么大的，这么想，我好受了些。

我下床，四处找照片。爸爸妈妈给我拍过很多很多照片，从我出生开始，出门拍，在家里拍，玩的时候拍，学习的时候拍，吃东西拍，睡觉也拍，单人的，合影的，各种姿势，各种鬼脸……

隔一段时间，爸爸妈妈就挑一些冲洗出来，装在相册里，家里已经有好多相册，客厅的架子上有，爸爸书房的柜子里有，我房间的书桌里有，没冲洗的也装满了电脑和相机，爸爸时不时要换一张内存卡。爸爸说，这样我从小到大的点点滴滴都被记下来了。

我赤着脚走，不惊醒爸爸妈妈，把所有的相册搬到床上。

阿午想不起自己怎么长大的，我躺在床上想了半天，也想不起来，阿午让阿姐讲的时候，我就想告诉他，这没用的。妈妈平时也爱讲我小时候，特别是在亲戚朋友面前讲我小时候的调皮和搞笑，可我总觉得和我没关系，有时，我都以为妈妈在说谎了，故意编些事情让人开心。这时，我想起了照片，从床上弹起来，这肯定是最好的方法了，都被拍成照片了，长什么样，穿什么衣服，不信看一看会想不起什么。

我趴在床上，一页一页翻相册，爸爸按时间顺序给相片编了号，看起来很方便。刚出生时，我包在一团米色的毛巾里，皱皱的脑袋，这不是我，是电视里看到的某一个孩子。我哭着，笑着，睡着，翻身了，会坐了，会爬了，站起来了，朝前伸着双手，学走路了。一页页翻过去，越翻越快，相片里那个小孩挺可爱挺搞怪的，可越看越没兴头，这个小孩也叫冯正申吗？我觉得这些相片好像一些画片，画片里这个小孩偷了我的名字，偷了我的爸爸妈妈。

烦死了。我把相册收好，以后不喜欢看了，现在我才知道，以前有同学来，我拿相册给他们，指着说，这是我四岁的时候，这个我五岁了，其实我是学着妈妈说的，自己一点也不明白。

还是自己想。这是我第一次想以前的日子，幼儿园大班时的一些事我能想起来，上了小学后的事就容易了，很清楚。我摆了纸笔，把主要的事情写下来。写了好一会，扔了笔，拿起来读：上学，在学校里上课、玩，最喜欢体育课；放学回家，做作业，看电视，玩游戏，有时去同学家里玩；生日时收礼物，请同学来吃蛋糕；放假了学绘画，学萨克斯，学很多很多东西，和爸爸妈妈去旅游；有时回乡下，很快走，那个老寨没什么人住，妈妈说蚊子太多……再写还是这样，我想，要是让全班同学来写，肯定很多同学写得和我差不多，我想起来的好像不是自己，而是班里某个同学。我拼命揉着纸，揉成又细又硬的一团，扔进垃圾桶。

我喝水，上厕所，在客厅走来走去，妈妈醒了，爸爸也醒了，问我做什么。我想不起自己。我脱口而出。妈妈把我揽在怀里，摸我的头，我挣出来，不耐烦地说我没事。妈妈更紧张了，又摸我的肚子。

我跳开，喊着，我没事！

妈妈脸色变了。爸爸看了看我，说，做噩梦了吧。他碰碰妈妈，让她先去睡，他跟我谈谈。别怕，小申，那只是梦。爸爸大声说，冲妈妈使眼色。我不说话，虽然爸爸没说对，但真的像一个梦，一个奇怪的梦，又迷人又让人难受。

妈妈看了看我，进房去了，一向是这样，妈妈管我的吃穿，爸爸管我看书学习，和我谈话。妈妈进房前转过脸对爸爸说，别再和他谈些奇奇怪怪的话，神神道道的。爸爸朝她直挥手。

爸爸拉了我坐下。

我怎么长大的？我盯住爸爸问。

爸爸看看我，问，你刚刚在看阿午的《琉璃夏》？

我说，我想不起小时候的自己。

很多人想不起来的。爸爸说，有很多人想都没想过的，小申有这样想过，已经比别人强，比别人幸运了。

我不太懂，不过心里好受了些。爸爸不再说话，由我自己去想。我不甘心，想起爸爸除了拍照片，还拍了不少视频。视频是整个记录下来的，肯定比照片好得多，我又高兴起来。

爸爸按我的要求开了电视，接入移动硬盘，开始看视频。我第一次洗澡，第一次喝牛奶，第一次学走路，我去旅游爬山，我过生日，我在台上表演节日……所有的活动，所有的动作，清清楚楚的，用老师评作文的话说，比照片真实生动多了，还有丰富的细节，这就是我，可这个我很陌生，我想不起拍视频时的感觉。我看了看爸爸，要哭了。

爸爸说，这事只能靠你自己，阿午没办法，我没办法，谁也没办法。不一定要想明白的，我说了，小申有想过已经不错了，这是该高兴的。

我看着爸爸，他是对的，我很多同学肯定没想过这些，这么一来，我是有点不一样的。

小申，还记不记得，阿午在日记里说他是没被扔掉的，长起来的阿午，你也是留下来的冯正申，这不是很值得高兴的事吗？

我忍不住笑了笑，说，阿午的苦瓜也是没被扔掉的，就像我种过的向日葵，除了我种下的这颗，其他的都让妈妈炒了吃，它该多高兴。

没错！爸爸的手在我肩上一拍。

不过，向日葵现在死了。我有些可惜。

爸爸说，要是愿意的话，它可以变成一整片向日葵。爸爸让我闭上眼睛，好好想象一下。跟着爸爸的话，我看见了那个情景，真真的。我在一片辽阔的田野种下一棵向日葵，向日葵开花，结籽，种子掉在泥土里，长出新的向日葵；就这样，向日葵不停生长，开花，结籽，最后变成金烁烁的一大片，望也望不到头，我在向日葵地里奔跑，大笑。

看到啦，我看到啦。我睁开眼，晃着爸爸的手。

生命。爸爸说，这就是生命——等你再大点，会懂的。

不过，向日葵长得一模一样，我认不出最开始种下的那一棵。

我们看它们都一样，要是向日葵有感觉，你种下的那一棵它自己会知道，它就和别的向日葵不一样了。小申，世界看我们都一样，认不出每个人没关系，要紧的是你能看出不一样的世界，看到别人看不到的东西，那些东西就是你的。

我看着爸爸，努力想弄明白这些话，爸爸喜欢说些让人摸不着头脑的话，妈妈很反对他对我说这种话，可我挺爱听的，不懂，可总记得很清楚。我想，这可能就是我的爸爸和别的爸爸不一样的地方。我很骄傲，不管懂不懂，把他的话全记下。

爸爸并有没让我弄懂他的话，我不懂，他就静了，我们喝水。后来，爸爸先问我想不想睡。我一点也不困，突然说，我想吹吹萨克斯。

　　萨克斯是妈妈让我学的，说吹萨克斯的男孩很有气质，爸爸说那是她少女时代的浪漫梦。我不管他们说什么，觉得萨克斯挺好玩的，就答应学了。学一段时间后，我不新鲜了，得妈妈监督着才肯吹，从未主动想吹的。

　　听我这么说，爸爸一点也不奇怪，只是问，现在吗？

　　我点点头。

　　爸爸想了想，说，我带你去天台。

　　爸爸带了钥匙，我们两人悄悄出门，搭了电梯到四十层的天台。爸爸说在这里吹不影响人，加上风一拂，声音更好听。

　　我试着吹了几个音，看看爸爸，有点不好意思。爸爸只管看着远处，我胆子大起来，吹得又流畅又过瘾。

　　原来萨斯克这么好听，吹萨克斯感觉这么好。吹了几曲后，我说。

　　爸爸说，因为你心里多了些东西。

十五

长大后，阿午一直想讲风伯的故事，但没找到听故事的人。阿午很挑剔，那应该是愿意听，用心听的人才有资格听，风伯这种人的故事值得阿午这样挑剔，但别人很可能根本不放在心上。于是，阿午决定把风伯的故事记在日记里，这一节是长大后的阿午加进日记的。

四乡八寨的人都认定风伯是个怪人，首先他一辈子没成家。四乡八寨没成家的光棍不止风伯一个，可别人要不是穷得成不了家，要不是长残了娶不上老婆，风伯是不想成家，这是无法想象的。风伯长得眉是眉，眼是眼，肩宽人高，寨里人说，若是站到戏台上，是将军的面相，家境也不算差，家里人丁兴旺的，有两个阿姐，两个阿兄，他最小，只要他点头，阿姐阿兄一起忙起来，娶个女人算不上难事。寨里人说，就因为他阿姐阿兄多，他被惯坏了。想法歪了，人长得再好有什么用。

没成家的风伯一辈子风一样，想做什么就做什么，做的都是寨里人觉得不能做的事。他从小喜欢木雕，近二十岁时，雕刻技术乡里无人能比，名气已经到了镇上县上，都说他的刻刀雕木头就像雕豆腐。当时，县城有个木雕厂，派人找到风伯，往他面前丢一块木头，风伯掂了掂木头，开始下刀，几天后，那块木头变成一个垂钓老人和他的独木船，木雕厂来的人捧了船半天不出声。至今，寨里人对这件事的描述仍在继续，经过无数嘴巴的加工，这事已经有了搬上戏台的潜质。县木雕厂的人当即拍板，请风伯到厂里当师傅，甚至不只是师傅，他们说风伯只雕桌椅眠床太可惜，完全可以雕刻艺术品，卖到大城市，那是要挣大钱的，那时风伯也会成为艺术家。寨里人在这描述里张着嘴，张着眼，他们看到风伯脚下的道愈来愈宽，浮起一层金色。他们转过脸，齐齐看着风伯，风伯坐在小圆桌边，端着一杯茶，冲县木雕厂的人摇摇头，说，我不去。一口把茶喝下去。

寨里人说那时屋里没人再开口，有吞唾沫的声音，有蚊子的声音，就是没听到风伯改变主意的声音。

木雕厂的人重复了一遍那将会有的前景，并具体提到高得令寨里人吃惊的工资，厂里的单人宿舍，不差的伙食，甚至还提到记账的好看姑娘。风伯还是摇头，又喝了一杯茶。他说他喜欢自由，受不得固定的时间，固定的地点，固定的日子。

后来，寨里人碰到风伯就摇头，觉得风伯不单习惯坏，脑子也是坏的。风伯是辩过一两句的，说不自在过什么日子，说让人管着看着还不如要了他的命。没人听风伯的话，他说的自由是寨里人认为最不靠谱的东西，又不是演电视，说这个词做什么。风伯什么话也不辩了，只是笑。他四处打零工，在外面跑，帮人家雕祭祖桌、眠床、桌椅，跑到哪里做到哪里，又劳累挣得又少，寨里人暗地里说风伯家里的风水不正，才出了这么个半傻不傻的。但当风伯婶跟风伯回寨后，寨里人觉得他这样工作总算得了个好处。

风伯婶进寨那天的情景，阿午从小就听寨里人讲，不止一次地讲。黄昏，寨子被炊烟缭绕得蒙蒙的时候，风伯回来了，身后跟着一个女人。寨里人说第一眼看去，那个女人也蒙蒙的，不知是因为炊烟，还是因为寨里人不敢正眼看她，最挑剔的红霞婶也承认她美得像戏台上的花旦。她落下两步随着风伯，头微微垂着，看起来至少比风伯小七八岁，风伯那时已经三十多岁。

寨里人围上去，风伯好像不太高兴，想退出人群，可被圈住了。那女人抬起脸，和稍沉着脸的风伯不一样，浅浅笑着，寨里人觉得她把黄昏笑亮了。若单看风伯的样子，这样的女人跟着他不奇怪，可论他过日子的方式，他们不明白女人看上风伯哪一点。不介绍是脱不开身的，风伯指指女人，说，林秋梓。寨里人说连名字都像蒙着一层烟，又好听又不真实。不知谁开玩笑地提议，该喊风伯婶。从那以后，风伯婶这称呼就定下来，这才像寨里人的称呼。风伯很着急，说别乱喊。可林秋梓很高兴的样子，嘴角一直抿着笑。

小时候，阿午注意到寨里人一直强调，风伯把房间给林秋梓，自己到外寨找后生仔拼床。那时，阿午想这有什么不对头么，但大人们一说到这个就压低声音，说风伯这人不单怪，心还硬，因为风伯不是为了守规矩才这样，是故意气林秋梓的，从林秋梓的语气听得出，在外面时，他们早住在一起的，风伯的阿姐阿兄要给他们办酒席，风伯不肯。问为什么，林秋梓不好？他只说不成家。林秋梓嘴角的笑意干干净净了，她住在风伯家，可风伯整日不沾家。

　　一个晚上，风伯的阿姐阿兄请了寨里的老人，围在一块谈了半夜，第二天，家里人忙起来，两个阿姐备新被面新衣服定喜糖喜帖，两个阿兄修屋定做新眠床买新皮箱。都安排得好好的，酒席摆上桌那天，把风伯往酒桌前一拉，当着寨里人的面，拦也要把他拦住的。

　　风伯没出现，原本瞒得好好的事情不知怎么漏了风声，酒席那天早上他就不见了，家里连找几天没影子。后来林秋梓说，我知道他在哪，我让他回家吧。林秋梓收拾东西，离开了寨子，几天后，风伯回来了，林秋梓再没来。林秋梓这样的女人风伯都这样，从那以后，再没人跟风伯提成家的事。

　　那时，阿午像个大人似的问风伯，风伯姊不好吗？做什么让她走？阿午想象有风伯姊的风伯是怎样的，好奇心挠得他胸口痒痒的。风伯卷着烟，看看阿午，说，好，因为好才要她走。阿午糊涂了，风伯的表情很陌生，阿午觉得最好还是别再问这个。风伯却突然说，阿午，你知道当年是谁走漏风声？阿午猛地抬起头。

　　林秋梓。风伯说。他站起身，背对阿午，不停地抽烟。

　　长大后的阿午总不知不觉想起风伯这一个背影。那时，风伯在寨里人面前从不这样，他总是笑着，胡乱应答着寨里人，用寨里人的话来说，吊儿郎当。他们拿林秋梓跟风伯开玩笑，说他那把刻刀有本事，刻个木头人，把真人也惹了来。

　　最开始，林秋梓是被风伯的木雕迷住的。林秋梓自己讲过，风伯为她大姨家雕刻横梁，她去的时候，他正在一块木头上雕刻仙姬送子的故事，林秋梓蹲在旁边看，看他刀子一切一挑，边吹掉木屑，她就一头扎进去。讲这些时，林秋梓的表情让寨里人着迷。后来，林秋梓找了块木头，央风伯随便雕个什么东西。风伯把木头握在手里，看了看林秋梓，说，雕个你吧，你五官精致，是不错的模特。

黄昏，风伯和林秋梓在溪边草地，林秋梓坐着，看远处要落山的日头，风伯对着她雕刻。长大后的阿午无数次想象了这样的画面，他们身后是竹林，溪水和草地浮一层橘红色余晖，黄昏的溪边是最静的，他们的影子长长地拉在草地上，一定有风，风里一定带了溪水和日光的味道。后来，风伯无数次在黄昏带阿午去溪边，因此，阿午对自己的想象充满信心。

阿午没见过那个木头雕的林秋梓，但寨里的大人说精致极了，都不敢随便碰那木雕的脸，怕碰出呼吸来。林秋梓住在风伯家那段时间，木雕放在梳妆台上，她走的时候，把木雕带走了。因为雕得太美了，后来有很多有钱人家的女孩子或女人请风伯为她们刻像，风伯都拒绝了，他说，不是什么人都能刻的，我这辈子就碰到这么一个了。寨里人说风伯死脑筋，那些人出的价钱比刻一套沙发椅都高。风伯笑，你们懂什么，什么都不懂。寨里人的脸都气肿了。很多年以后，阿午想起来，突然觉得笑着说这话时，风伯一定很难受。

风伯就这么跑来跑去，一年难得回家几次。后来，他跟两个阿兄说侄子侄女们大了，房子太挤，他要搬出来。两个阿兄骂他说屁话，因为他们又盖了一座下山虎，两家分开住了，两家都给风伯留着空屋。风伯不睬，收拾了寨外的牛间，把床铺搬过去了。开始，风伯出门时，两个阿兄就把他的床铺从牛间搬回家；风伯一回，又搬走了。就是搬不走，他也在牛间打地铺。几次后，两个阿兄随他去了。本来饭还是在两家轮流吃的，慢慢的，风伯弄了小炉小锅，自己在牛间煮饭，他把牛间叫作"我的家"了。从此，风伯成了单门独户的光棍汉。

风伯年纪越来越大的时候，出门干活的时间少了，有人请，他有时去，有时不去，全凭兴头。他说自己又不饿死，做没兴致的事，太屈自己。再后来，风伯干脆不出门，留在寨里种稻子，种橄榄。他用麻绳编了张网，挂在两棵大橄榄树间，整日躺在上面晃来晃去。阿午他们最迷这张网，抢着睡，风伯在一边砌土灶，煮白米饭，加了鸡蛋和酱油，把阿午他们香得忘了日出日落。有人说，风伯——疯伯愈活愈回去了。风伯笑呵呵的，是该回去呀，你们走太远了，都迷了。

多年以后，阿午时不时想起风伯，觉得风伯是活得最痛快过瘾的一个，可他问自己，敢像他那样吗？不敢，他发现大多数人不敢。所以，他愈珍视风伯的故事。所以，那天他把消息第一个告诉风伯是有理由的，他本以为会先告诉阿绿春顺他们的。

风伯，我阿妈生了一个阿弟。阿午站在风伯的门口，气喘吁吁。风伯正在煮粥，在火炉后抬起脸，笑起来。

我家多了个人。阿午抓着头说。

风伯看着他，知道他还有话要说。可阿午嘴巴扭来扭去的，不知怎么说。

粥熟了，先喝一碗，还有炒花生。风伯说。

喝着粥，阿午结结巴巴地说，阿弟很小，很小。他放下筷子，比画着，什么也不懂，以后会跟我一样大。

肯定会。风伯说，说不定比你壮，比你高。

阿妈说我以前和阿弟一样小。阿午满脸不可思议。

所有的人都和你阿弟一样小过。

我不记得了。阿午摊开双手，什么都想不起来……

风伯点点头，他熄了火，说，这才有趣。多好啊，你有了个阿弟，昨天还没有，以后你和他一块耍，一块大。

阿午咬着指头，喃喃说，昨天还没有的。他又疑惑又高兴，望着风伯，还想再听他说什么。可风伯不说了，好像根本不理睬阿午，他说，年轻的时候，我碰过一个算命的，好奇地让他看了相，还给了我的生辰八字，他说出我家里的情况和以前的一些事情，全对了，他开始说我以后的事，告诉我会怎么样怎么样，什么时候有运气，什么时候倒霉，什么时候会死。我觉得他说的是别人，那些话跟我没有关系。要说的真是我，多可怕，都安排好了，都清清楚楚的，我的日子还过个什么劲，阿午你说是不是？

阿午愣愣的，完全不知风伯说这些做什么。

有个阿弟，你高兴吗？风伯问。

阿午想了想，高兴的。这么说过以后，他才知道自己真是高兴的，这时慢慢回过神，愈来愈兴奋。

那就好。风伯说，先不想那么多，别人也一样，都记不起那么小的样子，就是都记不得，又有人想记得，才有趣哪。

　　所有的人都是一样的？阿午问。他想起活下来的那棵苦瓜苗，好像就跟别的苦瓜籽不一样，别的苦瓜籽可能都变成垃圾了。

　　也不一样，肯定不一样的。风伯拍拍阿午的头，要是都一样有什么意思。你看，别人都说我怪，说到底哪里怪，就是我不一样而已，不过，我高兴。

　　阿午有点明白了，所以，他才会和风伯这个大人这样要好吧。

十六

　　阿午整理日记时，看到这一节很奇怪，不明白当年为什么记下这样的日记，完全是流水账式的，还极少见地写了个标题：有意义的一天。这是小学老师最钟爱的题目，不过，若交到老师那里，估计会被退回重写，因为毫无重点，没有一件具体成形的事情，以彰显这一天的意义。不过，出于对小时候的怀念，长大后的阿午还是把这节日记整理出来。

　　这天阿午起得极早，喝过粥，按阿姐的交代喂了鸡，扫了屋子，然后出门了。他本来要去找阿绿他们几个的，可走过竹林时突然拐了一下，向田地走去，这才发现自己想一个人待一待，从阿弟出生到去找风伯后，他一直想这么待一下。

　　田里人还不多，阿午望了一下，稻田、菜地、瓜棚、麻园，他天天看到的这些，今天好像不太一样，阿午想起课本里一些图画，要是谈到春天或郊游，图画里总有这些东西，他喜欢那些画，觉得好看，从没想到其实和寨子附近的田地是差不多的。阿午走进一片稻田，稻子熟了，稻穗在他身上蹭来蹭去的，哗哗啦啦地响，把阿午弄得晕晕然。

　　阿午在田埂躺下，两边的稻子几乎要把他盖起来了，他眯了眼，从眼缝里看见被日光照得发亮的云，稻穗的影子晃来晃去，好像挂在云朵上，变成云朵的果实。

　　阿午感觉有东西挠了他的手臂，转过身，是一只蚱蜢，他习惯性地伸出手要捉住它，以前总是这样，捉了蚱蜢，拴一根线，拉来甩去地耍。蚱蜢往后蹦了一下，举起两只前脚，说，别碰我！阿午惊得一跳，手愣在半空。蚱蜢说，你挡我的路了。阿午呀的一声，忍不住往后缩，嘴里却说，我要在这里睡，你不会拐一下吗？他的手完全缩回来了。

　　我要从这里过。蚱蜢又举举脚，这是我的路，你闪一闪。

　　这路写你名字了吗？阿午有点生气，你往旁边跳一下又不难。

　　我们要绕过你就难啦。突然一阵嚷声，又细又密，像沙沙的雨。

　　阿午蜷着身子四下找，发现一队蚂蚁，被他的大腿堵住了，他把大腿收了收，惊奇让他忘了给蚂蚁让路，呆呆看着那队蚂蚁在他脚边转圈。

　　快让一让。蚂蚁又嚷起来。蚱蜢也帮着嚷。阿午回过神，觉得好玩了，偏不让，逗它们，急得什么，就绕一绕嘛，反正你们也没事干。

　　没事干！阿午没想到蚂蚁们反应会这么激烈，我们忙得很。

　　阿午哧地笑了，你们有什么好忙的，还不是整天爬来爬去的。

　　有只蚂蚁咬了阿午一口，阿午大腿一痒，一只手差点拍下去，终没有，会说话的蚂蚁他不敢动，只挠了挠大脚，盯住咬他的那只蚂蚁。那只蚂蚁说，我们忙着搬食物，储存食物，要是下雨还得忙着搬家。

阿午忍不住又笑，就这些事呀，蚂蚁只会想这些，整天只知道吃和住。

他没想到蚂蚁也会哼一声，你们人类不也是这样？

阿午一时无话可应，愣了愣，说，我们人类做的事多了。

还不是为了吃和住。蚱蜢冷笑着插嘴，我听爷爷讲过人类的事，都差不多，整天弄吃的住的，就是人类花样比我们多一些。你说说，还能有别的事吗？

阿午知道，蚱蜢和蚂蚁整日在田里来来去去，肯定看不到人类别的事，可他一时也说不出别的事，就像阿爸整日忙着，好像也为着养家里人。人类肯定是不一样的，可他竟没法辩，他对自己生起气来。

蚱蜢得意起来，你看你现在就比我们还闲，躺在这里没事可做。

阿午猛地坐起来，刚好看见稻田那头一个稻草人，便随口胡编，谁说我没事，我在看守稻田，谷子熟了，鸟老来偷吃，我在这里，鸟就不敢来。

阿午还没说完，蚱蜢就麻雀麻雀地嚷起来，它声音那么细那么尖，可麻雀竟听到了，扑啦啦飞来，在阿午面前跳来跳去，说，我刚才吃个半饱啦。

它挑战的样子气坏了阿午，他往前一扑，想把麻雀扑住。麻雀一飞，躲开了，做什么！

你偷吃。

为什么不能吃。麻雀的翅膀支起来，比画着，我只是吃，也没弄坏稻子，稻子就是种来吃的，我吃一点点就饱了。

阿午发现稻子竟在点头，他晃晃脑袋，觉得是风在捣鬼。

稻子是人类的。阿午的声音扬起来，你凭什么偷吃。

人类要稻子做什么？

当然是要吃的。

都一样，凭什么人类能吃，我们鸟不能吃。麻雀说得激动了，跳上去又啄了一颗稻子。

阿午发现中了麻雀的圈套，更可气的是他觉得它说得有点道理。

人类太坏了，我和虫子吃点菜叶都不肯，他们还不是拿菜去吃。蚱蜢又插嘴了。

成片的稻子哗哗笑起来，笑得脑袋一抖一抖的。阿午把气发在它们身上，扬着拳头说，傻呀，被吃了还笑。

我们长出来就是要被吃的嘛。稻子说，不然还有什么意思。

阿午目瞪口呆。

周围热闹起来，青草稻子瓜菜野花，蚂蚱蚯蚓青蛙小鸟，吸收着阳光长着个子吃着东西爬着跳着飞着，阿午在一片忙碌的声音里昏昏乎乎。有个声音让他走，他妨碍了它们，很多个声音让他走。阿午坐起来，又起身，好像站在哪里都是碍事的，他不停地往后退，退到一个池塘边……

阿午一惊，睁开眼，又看到谷穗和云，蚱蜢蚂蚁麻雀不见了，都走了吗？稻谷静静的。阿午爬起来，看见自己种的那棵苦瓜苗，一转眼长得跟他一样高了，还在往上长，瓜藤带着叶子，唰唰啦啦向上爬，阿午听到脚下也有声音，低头一看，苦瓜的根往泥里扎，爪子一样四处张着，在泥土下一拱一拱的，拱得阿午几乎站不住。阿午往后跳了两步，大声问，你做什么。

苦瓜藤弯了弯，说，叶子往上长多收些日光，根往泥里多吸点水呀养分的。

又怎么样？

长快点。

然后呢？

然后开花结瓜。

再然后？阿午故意把苦瓜缠进去了。

就是结瓜，要是运气好的话，一些瓜籽像我一样也长成苦瓜，也长大开花结瓜。

没错，苦瓜最有意义的就是开花结出苦瓜。阿午竟莫名其妙听见老师的声音。揉眼一看，老师果然站在那里，苦瓜不见了。阿午脑袋有点晕，老师喜欢抓住一切事情或机会讲道理教育人，果然，老师又说，你也要做有意义的事，那篇作文你写了吗？

作文？阿午吓了一跳，他忘得干干净净了。

老师看着他，要他交作业的样子，他一紧张，脱口说，暑假还有好长时间。这么一嚷，老师不见了，阿午四下看看，什么也没有，他慢慢走出田野，可一直想着那篇作文。

"写一件有意义的事"，老师写出这个题目时，阿午又闷又想笑。这大概是老师最喜欢的作文题了，单元考期中考期末考都出过，老师还时不时布置一次，单元作文周末作业寒暑假作业，同学们都没感觉了。这是个很容易写的作文，随便写一件事，什么做饭洗衣喂猪照顾弟妹，什么热爱学习帮助同学关心集体，按老师说的，把事情写清楚了，就不会离题，要是作文最后一段能写出懂得什么道理，学到什么，分数就会高一点。可老师又说，这题目虽然容易写，但要写得好很难，没有真情实感，写不出真实体会，不动人，所以他才一次次地布置，希望大家能写好。阿午不知道怎样才是动人，虽然他每一次都换了一件事写，也写得很顺手，可他每次都写得很烦。

阿午开始考虑这篇作文，这只能悄悄想着，要是那几个小伙伴知道阿午这样用心想这篇作文，会把他们吓坏的。所以，当阿午远远看见阿绿和大果时，身子一低，拐了个弯，往另一个方向奔跑起来。阿绿和大果一定在找他，肯定去他家找过了，昨天就约好的。

直到看不见阿绿他们，阿午才慢下来，还在想，写什么，想想以前写的那些，他又烦又生气，他想了一件又一件事，都觉得不成，好像这成了最要紧的事，就像苦瓜要结出瓜一样。要是那棵苦瓜写这篇作文，一定写它开花结瓜吧。可他竟想不起该写什么！

阿午想得脑门涨涨的，决定暂时把那篇作文抛开，抬头时发现已经到了寨后坡子山脚，他走上山去，要好好待一下。

　　阿午爬上一棵树，坡子山一个人也没有，蝉叫得热闹极了，一阵一阵的。不如去找阿绿他们，拿竹竿和蛛网来捉蝉。这么想着，阿午却不动，只管闭着眼睛听蝉叫。他问过风伯，怎么只有夏天才听得到蝉声。风伯说蝉只能活一个两个月。阿午不相信，蝉差不多才活一个暑假？他看住风伯，风伯没骗过他，可他做什么这样说。风伯顾自说下去，说蝉在地下睡了四年，四年后钻出地面，叫一个夏天后就死掉。

　　阿午静了半天后，没头没脑地问，它活这一个夏天做什么？

　　就像这样叫一个夏天，书里说得比较好听，唱一个夏天的歌。

　　阿午确定风伯不是在开玩笑，但还是反问，为了唱歌？

　　唱歌不好？风伯反问他，你觉得唱一个夏天歌没用是吧？

　　阿午不说话，他觉得不单没用，是一点意思也没有。

　　有什么用。阿午耸耸肩。

　　蝉不管这些，它就是叫。

　　阿午撇撇嘴，觉得蝉真是傻。

　　阿午的心思风伯肯定看懂了，记得当时他冲阿午摇摇头，小孩的想法怎么这么早就和大人们一样了，蝉就爱这么唱，你听，一个夏天多热闹。阿午，事情有意思没意思没定的，只要觉得有意思，就是有意思。

　　当时，阿午听不进风伯的话，他只是觉得蝉太屈了，这么吱吱叫一个夏天然后死掉，还不如藏在地下不出来。现在，阿午听着蝉声一层一层地盖过来，觉得这些蝉叫——不，说是唱歌更好听，唱得真是卖力，好像高兴得要命。没错，阿午认定蝉很高兴，唱声里都有笑声了。要是让蝉来写那篇"一件有意义的事"，它们一定是写唱歌这件事吧，而且能写得很好的。

阿午躺不住了，他睁开眼，抱着树杈坐直身子，不甘心起来，他还想不到一件想写的事，比苦瓜和蝉还差吗？阿午滑下树，在树林里绕来绕去地走，愈走愈快，最后跑起来，撒开了手和脚跑，好像这样能找到一件什么事。跑得很累了，可他停不下来，他的身子里有股东西，窜来窜去的，弄得他停不住，也不想停，他想做件什么事，又不知要做什么事，这件事和平日不一样的。

后来，阿午跑出坡子山的小树林，又看见田野，田野里所有东西都在日光下长着，阿午想起刚才梦里被赶的情形，不好意思再跑进去，他跑回寨子。在寨门外，他停下了。

有一堆稻草，寨里先割稻的人家堆在那里的，堆得方方正正，和寨墙一样高，稻草堆边还有几个鸡笼，阿午站了好一会，在草堆边走来走去，他突然笑了，笑得愈来愈厉害，阿绿他们来的时候，他笑得都直不起腰了。几个伙伴奇怪地凑过来探问，阿午晃着头，说，我想到一个主意，以前没耍过的，一定很有意思，以后人会老谈的，谈起来就会提到阿午。勤弟、阿绿、大果和春顺围在他身边，勤弟急得挠腮又挠耳朵，嚷着别笑了别笑了，什么事？阿绿拉他的胳膊，要听他的新主意。

到时你们就知道了。阿午说。

（在这一页纸最下面的空白处，注了一行字，看起来是长大后的阿午注上去的，还用红色笔圈着）看完后，我明白为什么小时候的自己会记下这一天了，因为这是一个汹涌的凡常日子。那时的我无法归纳，可是其中的不凡常感觉到了。生命里有这样的日子，很幸运。

十七

上一页页尾空白处那段话我看不太懂，不过我很喜欢阿午那一天，特别是他睡在稻田边土埂上，很奇妙，做了那么好玩的梦。

我想试试。早上，我把闹钟调得很早，起床的时候，妈妈也刚起来，她惊得弯腰直盯我的脸，小申，这是暑假。我一向认为不睡懒觉是对不起暑假的。我装得很镇定，说我要去小区里跑步。说完把妈妈丢在客厅，开门跑了。

很好，小区里还很安静，只有一些老人在做运动，我选了一小块草地，附近有几棵树遮着，还有半圈紫藤花围着，算是个隐蔽阵地了。躺下之前，我观察了草地，用手拍一拍，确定没有石子之类的尖东西，确定不脏，拍过之后，我害羞起来，阿午是直接躺下去的，他不管这些，我没阿午爽快自在。

躺下去时忍不住小心翼翼，背后有点刺，有点凉，看见树叶和白云。去公园，我经常在草地躺躺，不过公园经常有人这样，小区里是没有的。躺了一会，不太对劲，我没法像阿午那样闭上眼睛，胳膊和腿硬邦邦的，还是太紧张。我身子翻过来，整个人趴在草地上，闭上眼睛，想着不去管别的，我要闻闻草的味道，抠一抠泥里有没有蚯蚓，我越想着别乱想越分神，好像听到脚步声，听到有人在说话，还有笑声。我坐起身，一个人也没有。换个方式吧，我抱住一棵树，把耳朵贴在树干上，假装听到树木在说话，可什么也没听到。抱了半天，我觉得这样更傻，还不如躺在草地上，慢慢放松，就当跑步累了休息一会，有什么奇怪的。找到借口，再躺下时真的自然多了，我很快就会听到蚱蜢和蚂蚁的说话声。

我听到的是妈妈的声音，她的声音很奇怪，往上一扬又往下一顿，把我扯起来，小申。她看我的脸我的胳膊我的腿，好像我身上缺了一块。我又生气又害羞，说我跑好几圈，累了，躺一下不行吗？

妈妈不说话，我看见银华老姨站在妈妈身后，用怪怪的眼神看我。银华老姨和我家住同一幢楼，电梯里经常碰见，她和爸爸妈妈打招呼，顺便问这问那的，声音又响又快，没多久，爸爸妈妈的职业，我的学习情况，爷爷的身体全让她问清楚了。妈妈说她很热心，可我不喜欢她，看见她我就觉得事情不对头。果然，她朝妈妈使眼色。妈妈严肃了，小申，你真是跑步累了？

后来我才知道，银华老姨早把我所有举动告诉妈妈了。银华老姨退休后每天早上要去买一杯豆浆喝，我刚才检查草地时她就看到我了，要走过来等我跟她打招呼的，却看到我躺下去，于是她躲在紫藤花后。我抱树的时候她弯下了腰。等我再躺回草地时，她向我家跑去，喘着气跟妈妈说吓着她了，把我妈妈也吓着了。我气得咬舌尖，想象她弯腰躲在花后面看我，像发现敌情的特务。

妈妈一直在问我，我只好实话实说，我想听听草和树的声音，可能还有蚯蚓和蚱蜢的。这话比撒谎还让妈妈担心，我只好又撒谎，昨天看了一个童话故事，有一个草原王国，蚯蚓和蚱蜢组成一支军队，一支在地上作战，一支在地下作战，很好玩。妈妈终于笑了，在我后脑上一拍，都念四年级了，还这么傻。

我知道不用再试了，不单单因为银华老姨和妈妈，主要因为我自己，没法像阿午那样的，我不对自己撒谎了。其实，阿午那样的地方，我不是没去过，爸爸每年暑假都带我回老家，早上黄昏总要去田野走走，我们参加过很多农家旅行之类的，旅游景点去得更多，我见过那么多景色，那么多花草树木，可从没阿午那样好玩的感觉。

爸爸好像反而有，他总兴致勃勃，有些奇奇怪怪的想法。看到毛毛虫在地上爬，说这是虫族里的冒险家，故意在白天挑人类要走的路，去找远方的朋友；看到花瓣上有露水，说花朵昨晚和露水成为好朋友了，舍不得分开，它们跟太阳商量好了，别让露水蒸发了；看到石缝里的草，说它是草里的战士，代表草类和石头作战……有一次，我看到一棵树的身上长了一株兰花，觉得很奇怪，爸爸说让他问问，他凑近那棵树，一本正经地说了一会话后，对我说，这棵树每天站在这里很寂寞，有一天，兰花的种子被风吹过，停下来歇歇脚，树和它成了好朋友，让它别走，它就长起来了。小申，你来听听，兰花正在给树唱歌，它每天都唱。爸爸把我往那棵树拉。

我笑起来，笑得肚子痛。爸爸说的我觉得好玩，也喜欢听。

可我知道是假的，就像我爱看童话，可很清楚全是编的，爸爸一本正经我觉得更好笑。我说爸爸好傻，花和树是不会说话唱歌的。

这个时候，爸爸会很失望，说我没趣，这么小就没了童真，不像孩子。还叹气，说现在的孩子都长得太快太聪明。

妈妈不同意，认为爸爸的教育方法不对，说要把我教笨了。妈妈喜欢爸爸另一种教育方法，认为那才是正经的。除了编故事，爸爸会讲知识，动物植物建筑历史名人故事，走到哪里讲到哪里，就像百科全书。那个时候，我很崇拜他，妈妈也会很高兴，说了一串很像课本又很像老师的话，说这样才能开阔视野、丰富知识和生活体验。妈妈这些话我觉得又老套又没趣，不过很有用，我写作文的时候用上，考试会得高分的。我把旅行写成作文"一件有意义的事"，最后，写上妈妈说的那些话，那篇作文变成班里同学的范文了。

和阿午一样，我们的老师和试卷也总是这个作文题：写一件有意义的事。妈妈也喜欢布置这题目，让我写作文时，一时想不到别的，就把这作文题塞给我。我们是二年级开始写日记的，这题目都不知道写过几次了。从阿午那个时候到现在，一直写这作文，我对这个以前很讨厌的作文好奇起来，是这作文一直没写好，还是这作文真的很重要？我第一次认真想这个作文题，和阿午一样，我知道该写什么，随便就能写一篇，可我很烦写这个，我知道写什么不会跑题，可有什么意义呢？

我开始翻书柜翻箱子，妈妈端杯水进来，问我做什么。从小区回来到现在，她一直不太放心的样子。我说暑假了，整理一下课本，收拾一下房间。妈妈笑得头一点一点的。是该收拾一下了，这房间像鬼子进村。妈妈放下水就走了。我越来越会撒谎了，我也不想的，可是不能说实话，要是她知道我在找作文本，说不定又会给我布置作文写，作文两个字好像妈妈的兴奋剂，一听见就要我写，有时，我觉得作文像她另外一个儿子，提起来就放不开。

不过，这次说到底幸亏妈妈了，从我学写日记开始，她就给我买漂亮的作文本，我写完后她把日记呀作文呀全部订在一起保存起来，放进书柜或箱子。把以前的作文翻出来，我就知道写过什么有意义的事，怎么写的，那时我怎么觉得有意义了。

我把所有的日记本作文本摆在床上，找那些"一件有意义的事"，看完后，我明白为什么只记得那篇写旅行的了，因为旅行是真的。我写过家里的洗衣机坏了，帮妈妈洗衣服，其实那次我只是玩一样这件搓搓那些揉揉，泡沫都没洗干净就扔给妈妈洗了；我写过帮同学解答数学题，其实放学后我只想着去打球，很不耐烦，后来同学给了我一些游戏卡，我才勉强给他讲的；我写过回老家跟爷爷学种菜，懂得农民伯伯的辛苦，可是那次拿锄头玩了一会，就被蚊子咬得够呛，跑回去擦驱蚊水……这些作文都是编的。要不是怕被妈妈发现，我真想把它们撕掉。

我打电话给何力，问他以前的作文本在不在，何力很奇怪，告诉我若想看作文，书店里有的是。我说就想看你的，对了，写一件有意义的事，你写过什么。何力说这作文题不知写过多少次了，可写过什么谁知道，作文本早丢了，留那些卖废品呀，要这个做什么？何力突然尖叫起来，不会是你妈妈又布置作文，你想抄一篇应付吧，你这个尖子生怎么也这样啦。何力呵呵笑起来。

就是借也不会跟你借，你能写出什么有意义的事。我生气，扣了电话，我早该知道不能找何力的。

陈一鸣果然靠谱多了，他写的作文不单还在，他妈妈还让他全部打成电子版，存在电脑里，说可以在对比中进步。

立即传给我。我说。

接收了陈一鸣的文档，果然也有不少"一件有意义的事"，我全部挑出来。越看越失望，跟我的差不多，一看就知道是编的，最后一段总有些"道理"，很多是老师说过或书里有的。我们都一样，我再找十个同学，一百个同学的作文来看，一定还是这样。烦死了。

妈妈又进来，说怎么越收拾越乱。让我跟她去表哥家，表哥将带我去看3D电影。

不去。我说，趴在床上不动。

不去？妈妈不信，去表哥家一向是我的节日。

我说，没意思。

妈妈又走近点，又那样用力地盯着我。

我在想一篇作文。我半说真话半撒谎，不知怎么的，想不起一件我真觉得有意义的，和别人不一样的事，我着急起来。

那你想吧，我改天再带你去表哥家。妈妈立即说。她出去了，关上房间门。

就在这时，我突然想起，还有一篇作文没存起来。那是一次作文比赛，题目是：一件_____的事。那时，我想都没想就填上有意义三个字，在那几天前，爸爸妈妈刚带我去邮局寄了爱心包裹。每个学期爸爸妈妈都会带我去寄，我在网上电视上看了很多穿不好吃不好学校不好的孩子，寄包裹的时候，我想象那些孩子接到我衣服文具玩具零食，很高兴。那天比赛时我也写得很高兴，写完读了一遍，觉得真情实感，这是评委老师最喜欢的，果然得了一等奖。

那篇作文是真的，算有意义的吧。我小心地问自己，好像是，那些小孩收到我的东西我高兴，可是时间一长，又习惯了，那些小孩收到东西时我看不到，所以我的高兴劲很快过去了。还有，班里很多同学寄这种爱心包裹，有时，因为长大穿不了的衣服太多，玩过的玩具太多，别人家给的零食太多，所以寄出去。这么一想，我又觉得没意思了，我们所有人还是差不多，做的事差不多，想的事差不多。

这天，我就闷在房间里，要想一件"有意义"的事，写一篇自己能一直记得，和别人都不一样的作文，我已经十岁了，不相信这样的事一件也没有。

还是没想到，我决定先看看阿午有没有找到那样一件事。晚上，我经过爸爸书房时，听见妈妈对爸爸说我变得很怪，电脑游戏也不玩，表哥家也不去。

妈妈说得一点也不对，我觉得自己不一样了，很高兴这个不一样。别问我怎么不一样，我说不出。我想像阿午一样，把今天记下来，会很像流水账，不过一定是我自己最喜欢的日记。

十八

真是对不住。阿爸低下头，向木建伯和桂芳姆点一点，阿午不知阿爸是第几次说这话了，他希望阿爸别再点头了，他不习惯看阿爸这样点头，阿爸的脖子和腰背一样，一向又板又硬的。可木建伯和桂芳姆不觉得阿爸的点头够多了，桂芳姆手里捏着的抹布在桌上抹来抹去，叹着长长的气，没日没夜晒干收好的草，正要搬进牛间的，大半年的柴火……

阿午想插嘴，那堆草哪够烧大半年。

阿爸又垂下脖子，点点头，沉着声音说，对不住。

木建伯卷了一支烟，向阿爸举了举，阿爸忙摇头。

阿午也太好耍了。桂芳姆说，家里离不了柴草的，这么大了不是不懂。

阿爸侧脸瞪了阿午一眼，阿午的腿哆嗦起来。阿爸抬起脸，冲桂芳姆笑，我没教好，回去还要再打一顿的，草当然得我来补上，家里的稻子过一段就要割，到时草晒干了原样堆在寨场上。

阿午一下子想起那堆草，那么大一堆，家里今年所有的草都要赔给木建伯了。他的手揪着裤子两侧，看看桌子，桌上有一大块五花肉，四斤白糖，十六个鸡蛋，两袋茶叶，从下午开始，阿妈就在凑这些东西，别人送给她坐月子吃的东西都拿出来了。木建伯和桂芳姆没看到这几袋东西吗？

亏得草在寨场，没烧了屋和人。桂芳姆又开始抹桌子，抹布在那袋东西旁边擦来擦去，就是放在草堆边的两个新鸡笼没了。

阿爸说，我回去就削竹片，这两天编两个鸡笼提过来。

阿午看看阿爸，家里的鸡笼早破了洞，阿姐拿绳子缠来缠去缚上，阿爸一直忙得没法编个新的，阿爸有什么时间编两个新鸡笼。但阿爸冲木建伯和桂芳姆笑着，那种笑看起来很难受，阿午不喜欢。阿午的脖子也软下去了，从那件事到现在，他的脖子一直是硬着的，就是头低着，脖子还是绷着，他后悔了，想哭。

阿爸打得那么狠，可阿午没哭，偷偷瞄着四周，寨里的孩子全来了，围成一圈，不出声地看，他们的表情让阿午高兴起来。勤弟阿绿大果春顺站得最近，阿午都看得出勤弟和大果藏在裤袋里的手在抖；阿绿咬着嘴唇，脸都弄歪了；春顺缩在阿绿身后，探头看看他，又把头低下去。后来，他们比以前更听阿午的话，更服气阿午的主意，阿午知道，这次挨打的作用很大的，特别是他没哭没喊。他没哭，阿爸认为打得不够重，竹枝更用力地甩下来，阿午腿肚子上的肉一抖一抖的，他咬了牙，嗞嗞地吸气，嘴巴里凉凉的，可两条腿烫得像火烧。很奇怪，阿爸打狠了，阿午心里反而轻松了。在桂芳姆找到家里，把这事告诉阿妈，阿妈不许他出门，让他等阿爸回来那段时间，他坐也坐不住，站也站不住，阿妈抱着阿弟唉唉地叹气，阿姐骂他一阵又哭一阵，他想把眼睛闭起来，耳朵塞起来。

阿爸终于回家了，阿妈还没说，阿爸揪住阿午的衣服，把他往外扯。阿妈嚷起来，阿爸说，你顾好阿寅，事我知了。阿爸刚进寨门，就有人把阿午的事告诉他了，那是多大一件事啊。阿爸把阿午拖到寨场，路上顺手在大乌叔家门口的干竹梢堆上折了又长又细的竹枝。

阿爸把他拖到那堆黑灰边，吼，做什么这样。竹枝甩下来。

做什么这样，做什么这样。阿爸接连地吼，竹枝接连抽着他，阿午没来得及开口，后来他干脆不开口，阿爸好像也不要听他的话，只管打。就是阿爸硬要阿午说，阿午也没法说，说前两天那些奇奇怪怪的想法吗？他说不清，就是说得清，阿爸也一定不明白的。

寨里的孩子全围上来了，阿爸愈打愈用力，有大人过来劝，阿爸仍打。有老人握了阿爸的手，说小孩好要，好在没伤到人。

阿爸的竹枝最终在老四伯手里，他指着阿午吼，回去还要打的。阿午回家时，两条腿几乎迈不动了；后来，大果和春顺一人一边扶着他。阿午龇着牙冲他们笑了笑，吓了他们一跳。

阿姐拿青草水给阿午擦着伤痕，阿爸喝过一碗水，拉了椅子坐在阿午面前，挥挥手让阿姐退开。你怎么点了那火的，火柴怎么在身上？阿爸问。这次是要阿午回答的了。所有的人都觉得阿午是太好要，要出祸来，阿爸也是这样想的，阿午自己知道不是这样的。

这件事，阿午对阿绿他们都没提过。他早上帮阿姐烧火做饭的时候就藏了火柴，上午还和阿绿他们耍竹枪。吃过午饭后，阿妈哄着阿弟睡了，阿姐在摇井边洗尿布，阿午一侧身跑出门。寨场一个人也没有，阿午绕草堆走了一圈，真的很大很高，他高兴起来，这样事情就更加了不得吧。只是草，阿午反复对自己说。做过这件事以后阿午就不一样了，这样的事别人肯定没做过。

阿午找了个角落，划了火柴，点燃最下层的稻草，他在草堆四周又点了几处，然后远远退开。稻草是晒透的，火嗖嗖地往上爬，极快地在草堆外面爬了红色透明的一层。阿午看得入了迷，爬到草堆顶的火一蹿一蹿的，绽成一朵会跳舞的花，好像把日光也烧着了，弄得草堆上的空气一晃一晃地动，四周烫极了，阿午往后退，仍呆呆望着燃烧的火堆。他听到剥剥剥的声音，那么热闹，平时烧火时炉子里也有这种声音，现在好像一大堆灶膛凑在一起，声音一阵一阵的。阿午想，这就是火的声音吗？要是让火写一件有意义的事，它一定写燃烧吧，它力量真大，咬过什么东西，什么东西就变成灰。阿午举起手臂，远远绕着火堆跳来跳去。这时，他听到人的声音，尖叫声奔跑声呼喊声……

阿午被几只胳膊扯开了，大人们跑来跑去，端盆提桶挑担，水来了，他们先在草堆四周泼水，边把无数次想靠近的孩子骂开。阿午有些生气，他们要把他的事弄砸了，他都没法好好看那堆火焰了，他从没见过这么大的火焰，没想到这样好看，这么厉害，看一次肯定永远记得，他胸口怦怦跳，想着这火要是咬他一口，他就跑不了了，可是这么厉害的火是他点起来的，阿午忍不住得意了。

火被扑灭的时候，草烧得差不多了，只有一堆黑黑的灰，湿漉漉的。成群的人站在那片黑灰面前，衣裤湿透，脖子脸面红赤红赤的，拿盆拿桶的手却在抖，好像冷极了。所有的目光慢慢聚到阿午身上，桂芳姆双手拍着膝嚷，我的草，我的草。

怎么点着那火的？阿爸还在问。阿午没法躲过去，他不想骗阿爸，想了想，故意两个字不敢说出口，他说，我想看看火烧起来是怎么样的。他等着阿爸再次拿起竹枝，胳膊忍不住举起来挡在额前，阿爸没动，不出声地看他，看得阿午身子缩成一团。后来，阿爸说，以后要知道什么能耍什么不能耍。阿爸还是认为他在耍，阿爸不会清楚他要做什么的。不过，阿午知道，没骗阿爸是对的。

阿爸起身在屋里走来走去，对阿妈说，我先去木建兄家赔礼，你备些东西。

阿妈指挥阿姐凑鸡蛋和白糖，阿爸出门割肉买茶叶，阿午在阿姐身后转来转去，他想，为什么要阿爸去赔礼，要是他自己去赔礼，木建伯和桂芳姆也打他一顿就好了。想来想去，觉得赔礼的东西他毫无办法。

跟阿爸去赔礼回来后，阿午一直很闷，坐在门槛边抠指甲，这件事和原先想的不一样了，他觉得自己找错了事，可还能有什么事呢，不找到那件事，阿午相信自己是高兴不起来的。

阿爸又出门了，阿弟睡了，阿妈在床边招手，阿午蹭过去，下意识地伸出胳膊，准备让阿妈掐几下。阿妈拍着床边让他坐下，阿午没坐。

阿午，你怎么耍起这种事了。阿妈不像以前那样嚷嚷，声音轻轻的，可阿午听着难受，她说，这是要出大事的，你还不晓得怕。

阿妈很久没出声，阿午就直直地站在床边。

亏得没伤着人，没烧了别的东西。半天后，阿妈又说，要是伤了人……阿妈按住额头，好像后半句话弄痛了她。

阿午，你也是阿兄了，要懂点事的。最后，阿妈挥挥手，去喝粥吧。

阿午端着碗坐在门槛上，勺子搅着粥，阿妈的话惹得他脑子里涌出好多东西。

阿午站在火堆边，火往上蹿，还往四周爬，爬上寨场那棵龙眼树，又顺着龙眼树下去，爬上寨子最外边的猪栏和屋子，寨里人从屋里抱着头跑出来，猪跑不掉，吱吱尖叫，被烧黑了。火还在爬，把屋子一间一间咬过去，把寨里人逼出来，没多久，半寨子人的屋顶都跳着火，有可能连人也来不……及走……

阿午呀地跳起来，粥淋了他一手，烫极了。他甩着手，烫得不停吹气，要是让火咬了——阿午不敢再想，他很快地呼着粥，嘴巴烫得直呵气。喝过粥，不用阿姐交代，阿午把碗洗了，然后爬进床铺，他想睡觉。

半夜，阿午醒来了，睡觉也没用，梦里全是火，他被烫醒过来。屋里很黑，他喜欢这黑，感觉离火很远。隔间阿弟在哭，阿午就听着这哭声，想阿弟是不是想拉尿，是不是饿了，是不是天气太热睡不好，这样杂七杂八地想，夜好像过得快些了。

阿午出门的时候，天未亮，阿妈阿姐未醒，外面很凉，阿午一整夜烫着的胸口一阵清爽，通透了。他带了扁担、麻绳、厚刀，出寨外直奔坡子山。没想到干树枝那么难找，阿午绕了一大圈，只捡到指头那么大的两枝，都被寨里人捡光了，只能到树上找。阿午像大人那样，厚刀系在绳子上，边爬树边往上拉。坐在树上找稍干的树杈，拿厚刀砍。然后找另一棵树，爬树，砍树杈。

日头斜斜照进叶缝时，阿午把砍下的树枝归拢起来，才知道根本不用带扁担，这捆柴只有他一抱那么大，用绳子很容易就能拉回家。看着这些树枝，阿午很不满意，不过他想好了，还要去耙竹叶树叶，去山上割干野草，去找竹壳，每天这样早起，会凑够家里的柴火的。

阿午在巷口碰到勤弟和阿绿，他们奇怪地看那捆竹枝。阿午说，我家今年的草要赔给木建伯，全部。勤弟和阿绿互相看了看，阿绿说，我把我家的草拉来，可以多拉一点，我家柴火不够，阿兄阿姐会去找的，大果家柴火也多。勤弟跳着说，我也能去家里偷一些的。

不要。阿午说，我自己找，草是我烧的。

阿姐看阿午拖进门的那捆柴，鼻子哼着，这点还不够一顿饭，这一年你吃生米喝生水好了。阿午看了看柴火，真是太少了，这么找真的太慢了。

早饭后，阿午去找了风伯。一进门，风伯就说，阿午，做这种事是找不自在，自己不自在，别人也不自在。阿午蹲在门边不出声。

风伯递给他一个番薯，问，有事？

我要找柴火。

风伯想了想，说，前些天隔寨的朋友找我帮忙砍竹，砍了不少竹子，竹枝都削在竹林边，该半干了，我想拉多少拉多少，事后言语一声就是，我用不了那么多，你去拉来。

阿午欢叫起来，现在就去。

地方很远，要爬过一座山。风伯把阿午带到竹林边，果然有大堆大堆的竹枝竹梢，风伯说，用绳子绑了，挑回去。阿午才发现风伯带了麻绳，他找了根干竹竿给阿午当扁担。风伯示范一遍，拍拍手直起身，说，你弄吧，第一次别捆太多。说完就要走，阿午哎了一声，他没想到风伯就这么丢下自己，又不知说什么，喃喃着，这么多。风伯说，多是好事，哪里找这么多柴火，你慢慢挑，一次次挑。说完风伯就走了。阿午有点生气，风伯这么空着手回去，都走了这么长的路，为什么不顺便帮自己带一担回去。可他开始拖竹梢时，很快把什么都忘了，只知道快一些把这些柴火带回家。

十九

看到阿午烧稻草的时候，我想起自己的事，我不觉得阿午做了傻事就是傻，我也做过那样的事。当然，我那件事和阿午是完全不同的，可又觉得有些地方是一样的，怎么一样，我想，可能等我像阿午一样，长后再看看日记就明白了。

其实，开始是多么小的一件事，那个周末，爸爸出差了，妈妈的单位又突然特别忙，周末也要加班，说是什么领导要来检查，一连几天，我放学回家总一个人待很长一段时间。从星期四开始我就一直在等了，妈妈一点表示也没有，她有时边吃饭还边想着什么计划和总结，我觉得她只记得领导，把我忘掉了。爸爸也是，很少打电话，他肯定也在跟什么合作伙伴或领导开会什么的。星期五、星期六，还是那样安静，星期天早上出门前，妈妈只交代我别看太久电视，别老玩电子游戏，可以去找罗尹键玩，中午她会回家做饭给我吃。我直直看着妈妈，妈妈拍拍我的脑袋，按了电梯走了。

今天是我生日。我冲电梯喊了一声，电梯的数字已经到地下车场了，我啪地甩上门，蹲在门边，想哭，不过最后还是用牙齿把嘴唇咬住了。我不是稀罕生日蛋糕，蛋糕都吃腻了，也不想生日礼物，只要我理由充足，想要什么向爸爸妈妈开口不会很难的，我就是想过生日，爸爸妈妈坐身边，看着我，不想什么领导单位出差合作伙伴。我要是不见了，他们才省心吧。这个想法是突然冒出来的，可在我脑里撞来撞去的，我再站起来时，已经打定了主意。

我推了推沙发，这些木头的大椅子太重了，便只放倒旁边那只圆圆的皮椅子，把桌上的杯子弄乱，又进房间放倒靠椅，被子枕头掀下床，总之，尽量弄得很乱。然后，我坐下来，打开电脑，打印了一行字，把这行字放在桌上，拿笔盒压了，走到爸爸的书房，打开书架下面的柜子，前段时间，爸爸刚清理了一些旧杂志和旧书，有足够的空间。我爬进去，坐下。坐了一会，又出来，上了厕所，倒了一小瓶水，拿了几包饼干，才又藏进去。

关上柜门，里面黑极了，很热很闷，真不想待在里面，可这是我想得好好的主意，我不甘心，今天是我的生日，我出生时爸爸说他好几天睡不着，现在，他好几天没时间睡是因为合作伙伴。我还想，要不等到妈妈临下班才躲进来，可那样就不太像了，我觉得自己现在像电视里的主角，要认真一点。

我什么也看不见，脑里的东西反而越来越多。我变成一个超级科学家，带领世界最顶尖的科学团队，发明了一种超级机器，叫超能记录器。超能记录器把每个人的事情都记录下来，从出生那天开始，一直记下去，人类会忘掉别人，超能记录器绝对不会，它记得每一个人。更重要的是，它还让人类也记得别人。

世界上只要有人生日，超能记录器就会发出特殊的提示音，全世界的人都听得到，按规定，所有的人都得停下手头的事，不管是多重要的工作，就算战争也得停下来，所有的人为生日的人庆祝，一起为过生日的那个人唱一首歌，送上祝福。这样一来，每一个人都会被所有人祝福，被所有人知道，生日那天，他会想，多年前的这一天，世界上有我了。

除了这样，要是有人碰到特别快乐的事，想跟所有人分享，可以走进超能记录器，对准话筒，讲出自己的快乐，通过卫星，把这份快乐传向全世界，所有的人都应该为这个人的快乐祝贺。当然，要是碰到伤心事，也可以把伤心事通过超能记录器说出去，那时，将会有很多很多人安慰你，帮你想办法渡过难关。那时，战争也没有了，因为你的想法可以告诉所有的人，所有的人会帮你分析，帮两个国家调解，人们会发现想打仗的人是很少很少的。贫穷和饥饿也会消失的，受苦的人会第一时间把情况告诉全世界的人，全世界的人会一起帮他们。

我和我的科学团队成了人类最大的英雄，可是问题很快出现了，世界上的人那么多，生日的人也很多，每天甚至每小时每分钟都有人生日，还有很多人同时生日，每个人生日人们都要停止一切活动庆祝，这样一来，人们一天到晚都在庆祝别人的生日，什么事也干不成了。再说，因为生日的人太多了，人们庆祝后就把生日的人忘掉，到头来还是不记得别人。更不好的是，因为总是在庆祝，人们烦死了，听见有人生日就骂，有时只是跟着别人唱歌说祝福的话，一点真心也没有的，过生日的人也难受，因为一生日就被人讨厌。

连为每个人庆祝生日都不可能，更提不上分享快乐和忧伤了，到时可能想倾诉的人太多，只要有人在超能记录器开口，就被人骂下来，那样，人们之间的关系说不定会更坏。甚至有些人觉得超能记录器破坏了世界的秩序，他们凑成一群，把超能记录器砸成一堆破烂。

我沮丧起来，好像真是一个失败的科学家，要不是及时想到这是假的，我都想哭了。想来想去，一个人不可能让每个人记得的，有几个人记得，真心真意为他庆祝生日就不错。我不要什么超级记录器了，只想爸爸妈妈记得我，给我庆祝下生日，可爸爸妈妈今天都忘掉了，这是从未有过的……这样乱想着，我慢慢睡着了。

我做了一个很长的梦，梦见我和很多很多人凑在一起，可我一个也不认识，所有的人都穿着一样的衣服，我四处跑，盯着那些人的脸，没有找到一张见过的，那些人奇怪地看着我，我吓坏了，觉得他们全是坏人。可我慢慢发现，那些人也不认识别人，他们和我一样，在人群里绕来绕去地找，一定也在找他们记得和记得他们的人，所有的人看起来都很怕别人。所有人的脸好像也变成一样的了，我抱着脑袋哭起来，要是爸爸妈妈来找，可能也会认不出我。后来，我真的听到妈妈的声音，好像在哭，我扒着人群挤出去，边挤边喊，妈妈，我在这，我是小申，冯正申，我是冯正申。妈妈顺着我的声音扑来扑去地找，哭喊，小申，我在这。可她认不出我，站在离我几步远的地方，她一点也看不出来。天啊，镜子在哪里，我和所有人一模一样了吗？

我找镜子时醒了，还是黑黑闷闷的，还在柜子里，额头全是汗，我真的听见妈妈的哭声，在我房间里。她一定找不到我了，我高兴起来，谁让她忘掉我，让她紧张紧张。我喝了几口水，小心地拆开一包饼，小心地吃起来，觉得自己变重要了，得意极了。

妈妈的哭声一直没停，还越来越响，边说着什么话，我把耳朵贴在柜门上听，她好像在打电话，给爸爸打吗？妈妈哭是什么样子的，我不记得什么时候看见妈妈哭过了。爸爸也会哭吗？爸爸哭我是不敢想象的。我吓住了，嘴里的饼干掉出来。妈妈的哭声突然高起来，传到柜子里还呜呜呜地响，她不说话了，电话打完了吗，还是说不出话？

我害怕了，试着推开柜子门，妈妈的哭声一下子响了，我慌慌地爬出柜子，慢慢向我房间走去。

妈妈坐在地上，脑袋搁在我床边，哭得肩膀一耸一耸的，我有些认不得她，不敢走过去。我小声喊了三次，妈妈慢慢抬起头，向门口看了一下，重新趴下去，好像我是透明的，接着她又抬起头，我又喊了她一声，她半爬半跑着扑过来，差点把我扑倒。她抱着我更大声地哭起来，好像我是大人，她变成了小孩，我一动也不敢动，后悔了，我把妈妈吓坏了。

妈妈哭了很久，突然想起什么，抹了抹脸，问，小申，这是怎么回事，你去哪了？妈妈的目光很吓人，胸口还一抽一抽的。我想着这次妈妈肯定要打我了，歪着脖子硬起头皮。可妈妈又抱住我，叹了一口气，小申，你怎么可以做这样的事？

后来，我才知道事情比想象的严重多了。妈妈加班回来，进门看见倒掉的椅子和弄乱的东西，她冲进房间，看见我床上那张字条：冯正申在我手上，等我的电话，别报警。妈妈说那一刻起她的魂就不在了，在家里冲来冲去地找，然后楼上楼下一家家拼命按门铃，四处打听。她打电话给爸爸，打电话给所有的亲戚朋友，亲戚朋友们都出去找了，还在网上发帖。爸爸第一时间说报警，妈妈还不肯，说字条里交代了不能报警，说她一想到撕票就说不出话走不动路。

爸爸正坐飞机赶过来，爷爷搭车赶过来，爸爸在这个城市里的朋友欧阳列叔叔最先赶到。欧阳列叔叔观察了我家房子，说门锁是好的，说明绑架者可能是熟人，才能把门骗开，而且字条里又说等他电话，家里这么乱，说明我挣扎过。爸爸妈妈开始在熟人里一个一个排除，所有的人都排除了，一点头绪也没有。欧阳列叔叔去找小区保安调监控。

我从柜子出来时，爸爸妈妈已经熬不住，报了警，警察正在赶来的途中。事后我一想起就怕，要是警察真的来了，说不定这事会上报纸，会上新闻，到时好多人就知道我了，特别是我们学校的老师和同学，可我不想因为这样的事让人知道和记得。现在，看了阿午的日记，我突然也问自己，我想因为什么样的事让人知道，记得我呢？我想不出，要是有那样的事，一定可以写一篇很好的"一件有意义的事"吧。

爷爷几个钟头后到了，进门就小申小申地喊，把我吓了一跳，爷爷一向很少说话，开口也只说一句两句，没有这么连着喊我的。喊完后他不出声了，只看着我。我看电视他看着我，我喝水他看着我，我吃东西他看着我，我要去上厕所，他也很快站起来，又慢慢坐下去。从那之后，我知道了，不爱说话、不怎么理我的爷爷是记得我的。

爸爸晚上赶到家的，我差点认不出他，头发那么乱，脸青得可怕，眼睛红红，肿得有点眯。爸爸扔了东西，把我一拉，我撞进他怀里，他的手在我脑袋上拍了拍，很快把我拉开，盯住我的眼睛。我想躲开，爸爸按住我的肩膀，小申，怎么了？

我能说因为他们忘掉我的生日吗？所有的人都会骂死我吧。再说，好像不单单因为这个，我怎么说哪？虽然平时和爸爸什么话都说的，可现在我说不出来，只自己知道的，我憋得难受，哇地哭起来。

妈妈说好啦好啦，没事就成，以后再说。想拉开我，爸爸不许。爸爸说，你说得出就说，说不出就别说，以后会有越来越多话说不出来，还有越来越多的委屈，但不许你这样，明白吗？

我呆呆看着爸爸，爸爸很少凶我的。

这个你必须回答。爸爸目光尖尖的，弄得我眼睛发痛。

我咽了咽唾沫，点点头，我知道了。

二十

阿午刚走到竹林边，被阿绿他们堵住了，阿午转身想钻进竹林，他们很快散成一圈，阿绿勤弟大果春顺四人站在四个角，看来是商量好的。

阿午，你做什么？勤弟大声说，找你多少天了。

阿绿说，我们天天找不到你。

阿午说我有事，说完又要走。

他们四个围上来，连最好说话的春顺也不管阿午的眼色，他们是真被阿午弄晕了。

阿午说，我要很早起床，去大公山挑竹梢，风伯给的竹梢还有好多，还要挑很久的。阿午说的是实话，这些天他出门的时候寨里的鸡还没叫，带了扁担和麻绳去大公山，刚睡醒，天气又凉快，阿午总是半跑着去，到了大公山，收了两捆竹梢，挑回来时寨里人刚吃早饭。开始，阿妈不让阿午去，说太远，竹梢也不好挑。阿姐说陪阿午一起去，阿午不要，阿爸的想法和阿午一样，说这事让阿午自己干，有风伯给的竹梢已经很不错了。

阿午没全说实话，他每天只在早上去挑一担，傍晚去挑一担，中间的时间没和伙伴们在一起。果然，阿绿问，挑完竹梢我们也找不到你。

勤弟说，阿午你不想和我们耍了吗？

春顺和大果睁大了眼睛看他，勤弟问的也是他们想问的。

怎么会？！阿午嚷起来，他觉得伙伴们乱想，他们从小耍到大。

你自己把自己藏起来。勤弟指住阿午，一定有事，快告诉我们。

阿午想了想，不说可能就没这些伙伴了，可说了那件事还能成吗？他绕他们几个走一圈，问，真想知道？先说好了不告诉别人。

快说快说。勤弟跳起来。

阿绿说我们的事告诉别人做什么。

跟我来。阿午走着，勤弟一跳一跳跟着，跳一次问一次，阿午，什么事？好耍吗？阿午不说话，带他们向坡子山走。

来到坡子山一侧，这一侧山脚堆了大大小小的石头，往上爬一段，除了一些小树，就是长长的藤草，平时很少人来的。阿午爬到一块大石头后，掀开几条长长的藤草，几个伙伴呀的一声后，很久没声音。

藤草后面藏着一个洞，有阿午胸口那么高，大果那样的大个子都钻得进去，看起来挺深的了，藏一个人的话谁也发现不了。伙伴们这才注意到，洞口大石头边有一大堆新土。

这是我的秘密研究所。阿午说。

怎么来的？勤弟往洞里探头，接着阿绿也跟过去。

阿午从洞口摸出一把铁铲，我挖的。

每天挑过竹梢，喝过早粥，阿午就跑到这里来，躲着几个伙伴。有好几次，他看见他们朝他家来找他，就弯了身藏进竹林。不知怎么的，这件事他想自己知道。一个人藏在这铲土时，心怦怦跳，额头发烫，他喜欢这种发烫的感觉，这是以前的日子里没有的。挖累了，坐下来歇一歇时，又突然难受起来，觉得有几个伙伴一起做这件事会好得多。

现在，阿午被逼着把伙伴带过来，他一下子轻松很多。

你在做什么？勤弟在洞里摸摸碰碰的。

阿绿挥着铲子试铲了一下，阿午，你又有什么新主意？

好耍吗？洞口不用太大，后面可以越挖越宽，像家里的屋子那么宽。他看到伙伴们的眼睛笑起来。春顺说，要是弄些竹竿撑着，洞就更稳了。

好主意。阿午拍手，要不要一起挖？

还用说，比摔泥碗滚铁环好耍得多，保证寨里——不，四乡八里的孩子都没耍过，阿午，还是你主意多。

保密。

几个伙伴跑回家找工具，大果带了锄头、粪箕，阿绿带了铁铲，春顺带了铁铲、蛇皮袋和凳子，说蛇皮袋子装泥更方便，挖不到的高处要站在凳子上。阿绿说，还是春顺想得最全，勤弟最懒了，就带那么把小铲，要炒菜还是挖洞。勤弟嚷嚷说家里的铁铲和锄头阿爸要用。阿午要勤弟把小铲给阿绿，让他用阿绿带的大铁铲。

那天开始，挖洞代替了阿午他们几个所有的活动。早饭后，几个人就聚在寨场，向坡子山跑去，阿午出门，阿姐要追着骂几句的，不过，她没告诉过阿爸，说是看在阿午挑竹梢的面子上。为了不让寨里人发现，他们把锄头和铲子都放在洞里，阿午的铲子是风伯给的，风伯说只要他不拿去弄坏东西，不弄伤人，铲子就是他的。春顺被阿爸打了一顿，死死咬定没拿过铲子。勤弟和大果都挨了一顿骂，但没人供出那些铲子和锄头。阿爸们只能重新上镇子买。

像阿爸们下田或干活一样，他们按时按点去挖洞，中午回家吃饭后又溜出门，他们出门时带一壶水，有时带一点黄瓜和花生，休息的时候吃。挖洞的进度比阿午一个人的时候快多了，运出洞的泥土愈来愈多，阿午指挥他们往山脚倒，不用多久，草就会长上去。阿午向风伯央一些竹竿，照春顺说的撑在洞里，风伯问，你自己想用的？阿午点点头，他只敢对风伯说。风伯在早晨或傍晚去溪边竹林砍一些干死的竹子，给阿午弄了很多长长短短的竹竿。

阿绿的手最先起了水泡，缠了胶布。接着，勤弟大果春顺手掌心都有了水泡，休息的时候，他们吹着手掌，看看已经能同时坐进他们几个的洞，又高兴又惊讶。惊喜过后，勤弟举着手说，痛死了，农忙割稻都没起过这么大的泡，对了，这几天我家里割稻子，我没到田里帮忙，阿爸阿妈老骂我。

阿午的手不起泡？他每天还要去大公山挑两担竹梢。阿绿说，你没让阿爸阿妈骂过?

勤弟不出声了。大果说，我不怕手起泡。春顺摸出一个小包，说是家里香炉的香灰，水泡挑破了，按上一些，很快就好。

歇了一会，阿午拍拍屁股上的泥又开始干。勤弟嘟嚷着，做什么这样拼，不就是耍吗? 这么耍太累了。阿午的铲子顿了一下，他想，这是耍吗? 他很肯定，不是的，这次他不是耍，不是耍是做什么，真能把这事做成? 他不太清楚，可又定了心要做下去。

春顺建议，几个人分成两组，一组把泥土搬出洞，一组专门挖泥，转流做，这样会快点，手也不用老磨着铲子和锄头的木柄。

按春顺说的做，好像又快了一些，轻松了一些。

又挖了几天，速度慢下去，不单是手心起了泡，肩膀胳膊和腿都酸痛无力，勤弟说他连床也爬不上去了，早上下床要一条腿一条腿搬下来。阿绿说，哪个不是这样，都这样的，就你老嚷嚷。

阿午，还要挖多久? 勤弟问。

阿午指指挖出来的那个长长的洞，说还差得很多。

我没办法了。勤弟的身子往一边歪去，不好耍了，耍有这样累的吗?

勤弟，不挖你走好了。阿绿拍拍手，大果，春顺，你们还挖吧?

你和阿午挖，我就挖。大果抓着脑袋笑笑。

春顺说，我也是。

阿绿斜看勤弟笑，下巴翘得高高的。勤弟动了动，嘀咕，又没说不干——阿午，挖这个做什么，你总要说一下，这么整天铲土，真无聊。

之前，阿午是不想说的，对伙伴们说只是要，挖了这么些天，他很想说一说了，像揣秘密揣得难受了。他招招手，伙伴们围到身边，他拿竹枝在地上划拉起来，因为洞深了，光线暗了，他们开了手电筒。

我们要把整个坡子山挖空，两个大大的主厅，三个大大的仓库，像寨里的牛间，可以放很多东西，几间房专门铺草和席子，睡觉休息用的，两个灶间，最重要的是要多挖些又宽又高的洞，这些洞全部连起来，到时，还要挖通气孔，通气孔挖在坡子山的树木边，谁也发现不了的。坡子山这么大，能挖很多洞来的，以后，这就是我们的秘密研究所，全世界都不知道有这么个地方。

阿午丢掉竹枝，喝了一大口水。周围一点声音都没有，他看到伙伴们的眼睛用力地一眨一眨，像眼里落了什么东西。

这能挖出来？勤弟终于弱弱地问。

怎么不能，我们一直挖一直挖，暑假寒假有的是时间，开学了就放学后来，总有一天能挖成。

要挖成了，就是地下宫殿了。阿绿的声音很轻。

阿午说，我们在这里研究秘密东西，除了大厅仓库睡房灶间，其他的大洞全部做研究室。

研究秘密的东西。勤弟猛地凑到阿午面前，好像已经看见秘密的东西了，说，我们现在就挖吧。

又开始挖，这一整天一直没什么人说话，好像被阿午的主意震住了，开始，他们还以为最多挖个洞，能和寨里的孩子捉迷藏或让阿爸阿妈找不到人。

两天过去，那天勤弟来得很晚，说实在爬不起床，觉得全身的骨头都没用了。阿绿让他回家睡觉，说以后别加入他们的秘密实验。

阿午，到底做什么秘密实验？勤弟把阿午的铲子拿开，你要说明白的，我可不要这样糊糊涂涂乱挖。

研究各种有用的东西，做各种新奇的发明。阿午胳膊激情地比划着，我们课本里说到爱迪生，就像他那样，研究发明一种东西，全世界人都用上了。

没人拒绝得了爱迪生的诱惑，那些将要进行的秘密实验很遥远很模糊，也很迷人，挖掘的工作又开始了。

第三天，正挖着的时候，春顺啊的喊了一声，人就倒在地上，几个人打了手电筒围上去，春顺被铲子伤了脚趾，流了很多血，看起来很吓人。阿午帮他按着伤口，阿绿跑出去摘青草，大果跑回家拿破布，勤弟跳来跳去地嚷，坏了，这下坏了。阿午喝了他一声，让他静点，别弄得手电筒的光一晃一晃的，他才退到一边坐下。

阿午嚼烂阿绿找来的青草，按在春顺拇指上，用大果拿来的破布条绑好。几个人散散坐着，很长的时间里，谁也不说话。

春顺伤了，没法挖了。勤弟先开口。

伤的是脚趾。春顺说，我手还能铲土的。

你铲得了多少。勤弟声音粗了，阿午，到底要做什么秘密实验，研究什么东西？

他们都望着阿午。

阿午拿竹枝在地上画来画去，这次画的是一堆乱糟糟的横横竖竖，半天后，他说，反正，就是有用的，世界上还没有的东西，要边做实验边研究的。

做什么实验？

反正是秘密的实验，得先把这些洞挖好再说。

挖得完吗？勤弟胳膊一扫，要挖那么多洞，洞又要那么大那么高，我们天天挖，挖到长大，再挖到变成老人都挖不完，要像课本里的愚公一样吗？

又静了。

后来，阿午说，春顺受伤了，我们也累，先歇两天。

两天后，几个人重新坐在洞里，勤弟说他想把铲子带回家了。阿绿把他的铲子扔到他面前，还你吧，这把炒菜铲。勤弟收了铲，问阿午，真的还要挖？

阿午，你总得说做什么秘密实验，发明有用的东西是怎么有用法，就是发明了又有什么好。

阿午觉得勤弟问的这些很有道理，可又很不喜欢他总想着这些，一定要弄得很清楚吗，和他开始想的完全不一样了。

中午的时候，他们一起回寨了，各自带着十多天前带来的东西；下午，他们将去烤番薯。阿午始终想不出要做什么实验，研究什么东西，挖洞的事就此停下了。

（页脚空白处又注了一句话，长大后的阿午加注的）最初的理想，美好又遥远，纯粹而不靠谱，确切的热情，模糊的目标，拥有了，就算一种幸运吧。

二十一

长大后的阿午加注的那一句我看不太懂，人长大了就喜欢啰唆，喜欢把人弄糊涂，什么都非要说出什么道理来。我喜欢阿午挖秘密基地（这是我给阿午那些洞起的名）的事，好玩，这就成了。可惜最后没挖成。

阿午那个主意我太喜欢了，不管能不能挖成，光想想，阿午带了几个伙伴挥着铲子锄头挖洞，就有趣极了。坡子山是怎么样的？和爸爸带我去玩过的那些山肯定不一样，和爸爸老家那些山一样吗？我不知道，因为爸爸老家很多山只剩下一半，另一半的泥被挖去建房子了。铲子和锄头挖泥的感觉怎么样，我想了很久，又上网找视频看了，还是弄不清楚。

我去爸爸书房找了四开的打印纸，画起来。我要帮阿午重新设计那个秘密基地，首先是很大很高的洞，然后是一条条长长的通道，通道两边全是房间，我是很喜欢画画的，可从来没画得这样高兴的。妈妈又进来，说快十二点了。催我睡觉。她催过几次了，我不肯睡，爸爸过来问，是不是画得正痛快？

当然痛快。我嚷着。

痛快就好，随他去，不是暑假嘛。爸爸让妈妈先休息。

现在妈妈又来了，凑近前直看。妈妈一看，我画不下去了，想拉东西挡住。妈妈问，画的什么呀，看着头晕。我随口说，迷宫。妈妈相信了。我要设计一个超难的迷宫，难倒我所有的同学。妈妈看看我，终于出去了。

我冲妈妈的背影伸伸舌头，把房间门反锁上了。一锁上门，我就看见阿午，靠在书桌边，看着我画的地下秘密基地。

我喜欢你的秘密研究所，不过想改一下，我们一起看。

阿午点点头。

我叫秘密基地。

阿午又点头。

洞口不用太大，比门小一点，进门接长长的通道，通道要拐弯，这样更隐蔽。拐几弯后才是大洞，进秘密基地的人在这里接受最后的检查。大洞四周有很多门，走进每个门，后面都有又长又直的通道，通道两边都是小洞，小洞大概十平方米，每个洞里还挖有一个箱子那么大的地洞。这样排列又整齐又清楚。如果需要更多的洞，每条通道都可以继续往远处挖，两边可以增加很多洞。

我看看阿午，他像被迷住了，手指在图上划来划去，没点头也没摇头。我拍拍他的肩膀，他转过脸看了我一眼，我就知道他挺喜欢我的方案。

这些门和洞一模一样，不过不会认错，每个门都有号码，几号门后对应着几号通道，通道两边的洞有编号，连左右也用编码区分好的，只要认准几号门，记住洞的编码，很快能找到。

阿午几乎整个人趴在我的设计图上面了，他慢慢把图举起，看了又看，然后，脸从图后面露出来，揪着眉看我。我明白他的意思，笑着说，别担心，现在科学发达多了，不用一铲一铲挖泥，我们可根据目前的机器人，设计一种新型挖洞机器人，只用电脑操作，机器人就自动挖洞，速度很快。我拿起另一张纸，是我以前设计的机器人，本来想让它带我去南极探险的，现在改成挖地洞机器人，一定很容易。阿午笑起来。我给阿午一支笔，他和我一起把通道画得更长，洞画得更多，我们还在大山——秘密基地选在一座大山里——另一边设计了另一个出口，免得通道太长，进去后再从通道返回来太麻烦，因为通道很黑，又不宽，若是人太多，可能会挤住的。

秘密基地正式完成，我和阿午把消息放出去，消息只在孩子们中间传播，这是规则，不能对大人透露半点信息，不然的话，会失掉所有的孩子朋友，他只能和大人做朋友了。

很快，有那么多孩子知道了秘密基地，他们想尽办法来到这里，爸爸妈妈确实不肯的，孩子们就参加夏令营，要求到最近的旅游景点，再想办法赶过来。我和阿午坐在最大的洞里，负责检查。在秘密基地入洞处设有第一道检查关，检查人员由孩子们志愿轮流负责，确实没有志愿者时，孩子们进洞前就互相检查。我和阿午在大洞进行第二道检查。虽然孩子很多，但检查不费力，一个是孩子们都知道秘密基地的规则，很少有犯则的，一个是有可能犯则的人，我们一看就知道，会喊住进行细查，一般的点个头就可以领编码了。

孩子一个一个进来，拖着皮箱的，抱着纸箱的，背着背包的，还有用小轮车拉着的，都又骄傲又激动，他们在洞里的一台机器上按了指纹，又把眼睛对准机器上一个小孔，机器记下他们的指纹和眼睛信息，给他们打印出一张卡，卡上有门的号码和洞的编码，按照这号码和编码，他们找到的洞就是属于他们自己的洞，用指纹或眼睛都能开门，同时输入指纹和眼睛信息只是为了保险。大多孩子一眼就看出不超过十五岁，很快能得到自己的洞。

有一个高高的孩子进来了，我和阿午同时走上去，要看他的身份证，弄清楚他的年龄。现在，很多孩子长得太高，年龄很难看得准确，身份证最准了。超过十五岁的话，他就得打开箱子袋子，把东西说清楚，只能把符合规定的东西带进基地。开始，对年龄的限制我和阿午有过不同意见，我认为该规定在十八岁，十八岁才算成人，十八岁之前都算孩子。阿午说在他们那里，十五岁要举行一个成人礼，叫"出花园"，出过"花园"就算大人了。我觉得十五岁太小了，算不上什么大人。阿午提到，现在的孩子和以前不一样，很早就不像孩子了。我觉得阿午这句话有道理，同意以十五岁为限。

开始，规定很简单，十五岁以上的便不准进入秘密基地，但因为消息原先是在十八周岁以内的孩子中传的，很多十六岁到十八岁的孩子不满意这个决定，说对他们不公平，他们只因为先出生几年，就失去机会，说他们也曾经是孩子。我和阿午说这没办法，要这么说的话，所有的大人也都曾经是孩子，也能进入秘密基地，这样就没意思了。十六岁到十八岁的孩子转为恳求，说他们还不习惯当大人，严格上说来还是孩子。我和阿午商量了几天，决定允许十六岁到十八岁的孩子进入，但只能带十五岁以前的东西，十五岁以后的东西要挑出来。

这个高个子果然已经十七岁，他打开箱子和背包，把东西摆给我和阿午看，并说明是哪一岁玩的东西，我们只是点头，并不多问，也不再多看，在秘密基地里，孩子们不对自己心爱的东西撒谎，那样的话就没必要来这里了。

孩子们带进基地的看起来都是平常不过的东西，石子弹弓玩具枪玩具汽车超人恐龙旧书旧图画老课本玻璃珠子布娃娃毛绒玩具小刀橡皮积木……但又是最特别的，都是小时候玩过，藏着爱着的东西，想一直保存，可在大人们看来都是些杂物，又长灰尘又占地方，想尽办法要扔掉的，有的爸爸妈妈甚至趁孩子不在把东西扔掉，孩子就像自己的小时候也被扔掉了，秘密基地就是专门给孩子存放小时候的心爱东西的，基地中通道两边那些洞叫时光洞。

每个进入基地的孩子都会得到一个属于自己的时光洞，他们带了小时候最心爱的东西——不能超过十五岁——按编码找到自己的时光洞，把东西放在进去。每个时光洞里都有一个地洞，孩子们如果有些东西特别宝贵，可以专门藏在地洞里。有些孩子不单想藏东西，还想把记忆也放在这里，便把伤心的开心的忘不了的事情用特制的录音笔录下来，包装在铁盒里，放进时光洞里的地洞。东西放在这绝对放心，因为孩子们被大洞的机器确认了指纹和眼睛信息，别人没法开启他的时光洞，连我和阿午这两个设计者都不能。

　　孩子只要不向大人透露，年龄和带的东西都在规定范围之内，是很容易进秘密基地的。可要出去就没那么容易了，想走出秘密基地，所有的孩子都得写下一件事，一件小时候的，很难忘或你觉得有意思的事，如果这样的事你一件也想不起来，也得想象一件，你希望发生的，觉得会有意思的事。进洞之前，每个孩子会领到一支智能手电筒、笔和本子，进洞放好东西后开始写，写完之后，将本子对准门锁，门会自动开启。出门前，把本子留在时光洞里。所以，每个孩子进秘密基地之前要先想好写一件什么事。

　　定这条规则时，有很多孩子犯愁，说作文是他们最头痛的，这规则太难，希望能改一个。当然不能改，先搞清楚，这不是作文，至少和平时写的日记和作文完全不一样，想什么写什么，不用想有没有重点，不用管它是不是通顺，也不用怕离题，就是最不想让别人听到，最害羞的话也可以写下来，甚至可以关掉手电筒，再闭上眼睛写，什么也不管，只拿笔在本子画就行，没人看你的字写得怎么样，也不用担心别人看不懂，因为很多时候你写的是只想自己知道的事。

　　原来的设定是这样的，任何一个时光洞，只要属于某个孩子，藏了孩子的宝贝，便尽量永久封闭，就是有些孩子确实想回来看看自己的宝贝，也得赶在十八周岁之前，十八周岁之后是大人了，禁止进入秘密基地，甚至要求所有孩子在十八周岁后要忘掉秘密基地这个地方，至少不能再提起，不能再谈论。

　　令人吃惊的是，一些年以后，有些已经长大成人的孩子不停回到秘密基地门口，要求重进基地，想好好看看小时候的宝贝，看看当时写下的那篇文字。这是明令禁止的，我和阿午亲自在门外一次次宣布秘密基地的规则。那些大人不肯走，不停地向我们讲道理，他们甚至说，过两三年，我和阿午也将十八周岁，到时也不能进秘密基地？我和阿午一下子难受起来，不过，这个问题我们是想过的，怎么不舍也没办法，我们已经决定，到时，我们永远退出，将秘密基地交给其他孩子。可没有用，我们根本没办法说服他们。

我们召集了一大群人，有刚刚进过秘密基地的孩子，有准备进秘密基地的孩子，有以前进过秘密基地现在长大的大人，边开会边争辩。几天后，终于做出一个决定，同意进过秘密基的大人回到秘密基地，但进入基地期间，所有的大人得忘记和大人相关的一切，不能和大人的世界联系，把自己当作以前那个小孩，还得戴上面具，不让别的大人认出来，最好连自己也别认出来，面具选自己小时候最喜欢的。

进入基地后，用指纹或眼睛——指纹是最稳定的，眼睛有时会失灵，因为有人长成大人后，眼神和小时候变化太大——找到自己的时光洞，自己在里面静静待一阵。

走出秘密基地后，这些大人就把面具留在另外一个指定的山洞里，然后离开，不能向秘密基地的方向回头，当然，更不可以再向别人提起，不管是大人还是孩子。秘密基地的消息自有渠道在孩子间传送。

我和阿午十八周岁那年的儿童节，最后一次站在基地的大洞里，找了属于自己的时光洞，藏好我们的宝贝，然后离开。

砰砰砰，我一吓，从书桌抬起脸，阿午不见了，我一手握着铅笔，一手拿着尺子，妈妈站在门口，被我吓坏的样子，小申，你一夜没睡！

我摸摸脑门，不知是醒了一夜，还是梦了一夜。但我很高兴，朝妈妈扑过去，吊着她的胳膊哈哈大笑，边嚷，绝妙的主意，绝妙。

二十二

秘密研究所的这半截山洞让阿午又想起那场台风。阿午躺在山洞一个角落，因为连续几天都来，角落里他铺了厚实的草，躺着有种昏昏欲睡的舒服。洞里阴凉、安静，阿午却听到风声，愈来愈响，一旋一旋的，像被人揪着掐着，一会尖尖地叫，一会粗粗地吼。阿午身子缩成一团，他碰到阿姐的胳膊，那条胳膊在抖，阿午的胳膊立即也抖起来。阿午喊了阿姐一句，阿姐嗯了一声，那个声音也在抖，好像喉被夹住了。阿午喊阿妈，阿妈找盆找桶在屋里四处接水，水滴下来的声音那么响，阿午总弄不清听到的是屋外的雨还是屋里的雨。阿妈应了一声，嗳，别下床。这是阿妈的眠床，有木板床顶，床顶上加了块木板，还盖了塑料薄膜，隔壁屋他和阿姐的都是木铺，只拉了蚊帐，没有床顶，屋里开始漏雨时，阿姐和阿午就被喊到这眠床上了。

风的吼叫里一阵撕裂声，是哪棵竹子折了，阿午胸口一颤，屋外哗哗响起来，瓦片碎掉的声音，屋顶被掀了。阿午揪住阿姐的袖子，眠床里很黑，他只看到阿姐抱着胳膊的影子。好像谁把风气坏了，它愈喊火气愈大的样子，吱吱怪叫一阵，又轰轰地扫来扫去。又是瓦片，这次不是一块两块，阿午觉得屋里像亮了些，抬头，透过蚊帐看出去，屋顶被风咬掉一大口，看得见发白的天。阿午的声音也发白了，阿妈！阿妈在喊阿爸，阿爸很早就出去了，说察看屋子、猪栏，浸湿稻草压好猪栏。

不知是不是因为风大雨大，阿午一直没听到阿爸的应声，阿妈一叠声地喊，声音有些弯曲了。后来，阿妈开门出去，阿姐便喊阿妈，阿午也跟着喊，阿妈也没应声，阿午哭了，阿姐扯了扯他的胳膊，也哭。

阿绿他们几个伙伴又找来了，勤弟远远地喊，阿午，出来，我就知道你在这。声音在洞里嗡嗡响，不知怎么的有点像台风，阿午惊得跳起身。

我要走了。总是这样，伙伴们一找来，阿午就想走。这半截洞让阿午想起没完成的秘密研究所和还没想好的秘密实验，这是不高兴的，怪的是，阿午喜欢一个人待在这，想东想西，觉得非要想出点什么，替代这一次的失败。可他不想在伙伴们面前这么待着。

阿午一走，伙伴们跟着走，虽然勤弟嘟囔着不想这么快走，虽然阿绿大果和春顺都想多待一会，这里又阴凉又新奇，可他们还是跟在阿午屁股后面。

阿午进了竹林，勤弟一路追着问，阿午，今天做什么？阿午没应声，他是真的不知道，以前耍的那些好像都不好耍了。阿午绕着竹丛走来走去，伙伴们跟成一串，像被看不见的线系在一起，或晃晃竹子，或捏一片竹叶撕着，或掰一个竹壳耍，很无聊的样子，阿午却走个不停，有时愈走愈快，他还听到风声雨声瓦片碎掉的声音，这些声音挤得他的脑袋突突突地跳。

阿午突然转过身，说，待在秘密研究所——虽然没成功，他还是把那半截洞叫研究所——里不怕风不怕雨吧。

伙伴们愣了一下，阿绿拍手，是不怕，风吹不掉，雨淋不到。

阿午，想到要什么了？勤弟兴奋起来。

春顺说，雨要是下得太久，坡子山泥巴软了，可能会塌。

阿绿手握成拳头咬在嘴里。

阿午点点头，说，还会进水，要是发大水了也没法。发大水是好几年前的事了，阿午没什么记忆，不过，他听阿嫲讲过浮在水上的死人死猪和家什。

阿午，你有什么主意？阿绿凑过来问，大果张了嘴伸长脖子听。

阿午的手在竹子上一拍一拍的，很快笑了一下，又很快蹙起眉。勤弟摇着旁边一根竹子，问，阿午，到底什么主意？

阿午点点头，又摇摇头，直盯着竹子看，等他啊哈地喊了一声时，勤弟已经走了，阿绿和春顺拿石块在地上画小猫小狗，大果蹲在一边看。阿午拍拍屁股说，先回去吃午饭，吃完饭在这里凑。

午饭后，阿午刚进竹林，勤弟跑着来了，喘吁吁问，阿午，要什么？阿午扬着两只手，一手是厚刀，一手是细麻绳，得有家伙才要得成，你回家找，厚刀、细绳、铁钉、铁丝。我没找到铁丝。

要什么？勤弟跳着脚。

阿绿他们也到了，阿午转身向他们交代。约好在溪边竹林见，阿午强调，溪边的竹林才方便。

除了勤弟，都带了厚刀，好在勤弟带了小半袋铁钉，阿绿和大果都带了一小卷铁丝，细麻绳都有。阿午不提别的，只让砍竹，他说本来要整棵的活竹，带竹头的，但一时办不到，专找死掉的干竹子，干竹竿也捡。

阿午，我们给你捡柴火？勤弟手叉着腰说。拿着阿绿的厚刀，他老大不情愿，阿午说阿绿是女仔，让她把厚刀给他。

春顺说，柴火不会要铁钉铁丝麻绳的。

就是就是。阿绿说，勤弟你不想干回家去。

砍竹子是大活，几个人合力对付一根干竹，半天才砍了几竿。大果跑回去跟风伯借了锯子，按阿午的要求锯成一段一段。第二天，他们正对夹在密密竹丛中间一竿干竹发愁时，风伯来了。阿午没想到风伯真的来了，在他自己的竹丛中砍了好些竹子，指挥阿午他们削枝去叶锯段，直到阿午说够了，他便回去，一句话也不问。

几个人围拢一起，阿午拿竹枝在溪边沙地划拉，竹竿先用细麻绳绷好，绷成一片，像竹排那样，再钉起来，像这样，长方体，钉成一个屋子，这里留一个门。

春顺说，像笼子那样吗？

阿午顿了一下，点点头，有些像笼子，不过不是笼子，是房子。

要关什么？勤弟问。

阿午说，钉好后，里面贴上塑料薄膜，对了，这样两边要开两个窗，屋子上面会有一个伞。他列了还需要的东西，多一点铁丝，塑料薄膜，做伞的材料，铁丝可以去垃圾堆找找，或找旧电线，甚至可以在自家篱笆偷偷拆一些，有些难，不过应该能找到一些的，塑料薄膜各人家里找找会有一些的，做伞的材料可以用坏掉的雨伞伞布或破雨衣，总的来说，家里应该能搜到一些，最多让阿爸阿妈骂一顿。

第二天开始找东西，阿午想好了，全部准备齐了再开始做，不用多长时间的。

动手之前，阿午终于说出设想，这个设想经过昨夜半晚的考虑，更加完满。整个叙述过程，伙伴始终呆着嘴，双眉从头到尾以兴奋的状态朝上扬着。

这是万能房子，带竹头的活竹做成墙壁，竹梢留在屋顶，又美观又可以遮阳，四壁的竹子种进泥里，整座房子长在地上，台风再大，也吹不倒房子，屋顶盖塑料板，密密压了竹片，风掀不起来。墙壁的活竹还能长竹笋，台风天里，手伸出屋就能拿到竹笋，算是一道菜了。

发大水了，房子就是船。房子的地板下面装了两层竹子，是最好的竹排。水来了，开动墙壁上特殊的自动刨挖机，挖出四周做墙壁的竹子，房子顶上装的大伞撑开，房子就船一样浮起来，房里有个操作器，平时是灶台，能控制房子的方向，把房子开向高处。

四乡八寨都要住这样的房子，再不怕大风不怕暴雨，还好看，几间连在一起，就成一艘大船，没有屋顶被吹掉，没有人被压死，没有人被浸死。

现在先实验，做一个小的房子，竹子先用干的，以后再换活的。

要是活竹挖出来了，发大水后，房子还能种回去？春顺小心地问。

阿午愣了一下，说，春顺想得对。他手指在沙面上划来划去，很久不出声。半天后，他喊了一声，啊哈，有了，发明一种营养药水，大水退的时候，竹子种回原来的坑里，埋上土，浇上这种营养药水，竹头本来一直浸着水，会很快活过来。

阿绿拍着手，这种药水好，菜呀瓜啊稻子也能用吧，用了会长得很好吧，说不定阿爸阿妈不用再愁买农药了。

勤弟说，这都是想的。

当然得想。阿午站起身，不想哪有这些，要是有了我还想它做什么？

弄得成吗？竹子还好找一点，又要自动刨挖机，又要屋顶会撑起的大伞，还要什么营养药水，电影里都没看过这些的。

所以要好好研究，先试做个竹子房，其他的一步一步来。阿午说。

弄得成吗？这种房子听着不错，可神仙才能变一个吧。勤弟有些丧气了。

老师说爱迪生第一千次才试验成功，发明电灯。阿午下巴翘得很高，我们还没试。

大果一直摆弄着那些锯好的竹段，这时抬起脸问，阿午，要开始弄了吗？

现在开始。阿午喊。

几个人排列竹子，系麻绳，绑铁丝，敲铁钉，勤弟原先在一旁嘀咕，怎么弄得成，弄不成的。可他也慢慢凑过去，他看出来了，没人再想能不能成，反正都耍着，以前没耍过这个，他也想耍一耍。

竹房子有阿午那么高，能钻进去两个人，几天后，钉得很像样了，确实是一个竹笼，其中一面竹排是活动的，当作门，麻绳系住，那张破伞布系在竹笼上面。几个人围着转，勤弟笑，这就是万能房子？台风吹不倒？水浸不了？

这只是试验，真正的万能房子要用活竹子，种在地上的。阿午说。

能浮在水上？勤弟还是笑，不用把竹子挖出来，直接就能进水了。

所以我才选在这里做。阿午说，现在就试试。

阿绿嚷，推进溪里？

春顺说，不要推得太远，水浅的地方，能拉回来。

我进里面去。阿午说。

春顺说，装在笼里游不了水的。

阿午说，我们把万能房子推到溪边，我进去，你们往溪里推。

阿绿说，让笼子进水就好，可以找石头装进去试的。

不是笼子。阿午说。他指挥着大果，开始把竹笼推向溪边。

竹笼刚沾水，阿午就打开竹笼门进去，自己把门上的绳系好了，大声喊，快点推！

推一截，沉一截，水从阿午脚面爬到腿肚爬到大腿，阿绿拍着竹笼门，快出来，阿午快出来。阿午指着笼顶，拉伞拉伞，等风鼓起来就会往上浮。几只手争着去拉绳子，不知是卡住了还是没系好，有两边怎么也扯不动。阿午还不出来，硬要他们再推竹笼，说水太浅，浮不起来。

阿绿不推了，阿午只让大果推，大果一用力，竹笼往溪中央晃了晃，阿午似乎感觉到往上浮了一点，可很快又沉下去，水一下子没到他的脖子。阿绿哭起来。阿午开始解门上的细绳。

阿午钻出笼门时，水已经没到他的眼睛，他双脚一蹬，半个身子出了水面，竹笼半浮起来。

把竹笼拉上岸，几个人瘫软在沙地上，阿午一喘一喘地说，我太重了，万能房子得重新设计。

万能房子后来一直留在溪边，阿午找了一丛密密的竹子，几个人把它推到竹丛边，用竹梢和长长的草掩饰好，退远一点，不仔细看是发现不了的。

后来，阿午他们去溪边耍，累了阿午就钻进竹笼休息，他身子半蜷着，刚好躺下，笼子上盖着伞布，还有竹梢和草遮着，很凉爽。每次躺进万能房子——阿午还是喊万能房子——阿午就觉得世界一下子静住，外面孩子们耍沙耍水的声音变得很远，阿午的脑子忙起来了，从东想到西，从远想到近。就是这时候起，阿午喜欢这么待着，无边无际地乱想，这个习惯一直保持到他很大以后。

二十三

放下《琉璃夏》，我走出房间，对妈妈说，我要去竹韵园。妈妈正给爸爸沏普洱茶，她看看我，手里拿着茶壶。

我要去竹韵园。我又说。

竹韵园？

竹韵园在市郊，周末爸爸妈妈经常带我去，有很多竹子，有喝工夫茶食特产小吃的地方，能吹风散步拍照，爸爸说最适合一家人闲聚了。我是不喜欢那地方的，除了竹子多特别点，其他什么林荫道小树林弯石桥之类的旅游景点几乎都有，里面的游乐场也太一般啦，全是最老土的碰碰车过山车海盗船，我什么刺激的游戏都玩过了，看不上那个，爸爸一说要去那儿，我就嚷没劲。现在，你们都知道妈妈会多吃惊，要是我不说个理由，她又要觉得我不对头了。

想了想，还是觉得实话才能让妈妈相信，不过，我只说一半实话，我想看看竹子，很久没看。

臭小子，会怀念了。妈妈笑了，她知道我一向挺喜欢竹子。

　　她不知道，我现在喜欢的是阿午那个竹笼子。阿午说的万能房子我没兴趣，每年都有台风预警，要是台风离这个城市很近，我还有点高兴，因为学校会停课，待在家里看电视打游戏，一点也不觉得台风可怕。要是有大暴雨也会停课，我住在十七楼，知道水上不了我家的房子。我们写过作文《未来的房子》，想得比阿午先进多啦，用竹子做房子，又麻烦又老土，我想象的房子是超级塑料做的，会变形，有机器人。

　　我喜欢阿午的竹笼，喜欢阿午躺在竹笼里。我闭上眼睛，看见他躺在里面，又新奇又自在，没人笑他，没人扰他，我就没有那样的机会，真不甘心。阿午在竹笼里想什么呢，我想问问他，可这次他不出现，他想一个人待。

　　我也想一个人，那样待着。

　　一个钟头后，我们进了竹韵园。我朝竹林跑去，对爸爸妈妈说要自己去逛逛，因为来很多次了，他们放心地点了头。竹林很大很干净，阿午那边的竹林也这样吗？我慢慢走着，应该不太一样吧，因为这些竹丛很整齐，也没有阿午他们说的干掉的死竹子，就是有，工作人员也会很快弄走吧。想起工作人员，这竹林比阿午那边的竹林无趣多了。我没有竹笼，不过可以找个隐蔽点的地方，在竹丛边躺一躺，像阿午一样。总是有人，两个三个的，在竹林里走来走去，拍拍竹竿或选一个地方拍照。

　　走了很久，人少了些，我发现一丛竹旁边有块高高的石头，正面写着几个字，背面和竹丛间有个夹角，我冲过去，看了看四周，小心躺下去。地上的沙子弄痛了我的胳膊和背，又要提防有没有人来，脖子硬硬的，我没法像阿午那样安安心心躺着。这时，我看见头顶的竹子上挂着一个牌子：四季竹。我一下子坐起来，清醒了，这是在公园，竹子和我一样，总让人看着的，我不想躺在这了。

可我也不想放弃，继续往竹林深处走，不相信找不到一角安静的地方。越往深处走，人越少，和我猜的一样，游客一般不会走进竹林太深处，因为再往里走也一个样，转来转去没新鲜感了，照片也拍了，就会停下。

我终于找到了，望了一圈，没几个人影了，有也在远远的地方，外面的声音听起来也远了，四周的竹子也没挂什么牌子。我找了块有草的地方，躺下，还是不太敢躺稳，深呼吸，小声对自己说，我一个人，没人看见。为了真的觉得是一个人，我闭起眼睛，紧张，觉得有眼睛盯着我，告诉我不能这样，公园里不许这样，就像妈妈小时候经常告诉我的，公园的花不能采，池边不能去，树不能爬，可这些事，在阿午那边全都能做的。我把胳膊圈起来，脸藏进胳膊，想象就在阿午的竹笼里。

我在竹笼里，仰着脸，天和太阳被笼子上的竹子弄得一片一片的，笼子外面有另一个竹笼，阿午躺在里面，很舒服的样子。没人管我们，经过的人不奇怪，不看我们一眼。我唤了阿午一声，阿午没动没望我，他只有自己，我高兴起来，我也只有自己了。

我被吵醒了，那么热闹，抬起脸，身边围了一圈人，他们看着我，又奇怪又关心，我想，幸亏我是小孩，如果我是大人，他们一定认为是疯子，我会被抓走的。有人蹲下来问我是不是迷路了。

一定是有个人发现了我，他向远处挥挥手，就有这么一大群人凑过来。我起身想跑，那圈人围紧了，问是不是找不到爸爸妈妈，要帮我打电话。

没有没有。我喊着，想撞出人圈。几只手捉住了我，有人打电话给管理人员，我大喊大叫着，没多久，管理人员陪爸爸妈妈向这边跑过来。那几只胳膊放开了，我一下跑掉了。

我跑得那么快，在竹丛间弯来绕去，越跑越快，身子轻了，往上浮，长出了翅膀，我一点也不惊讶，很久以前我就想要有这么一对翅膀了。当我飞上竹梢，看见竹林里的人变小时，试着转了个弯，发现我控制得很好，兴奋得一会尖叫，一会大吼。我不是没飞过，飞机不知坐过多少次了，飞过很多地方，可那个不好玩，要买票，飞机票定好了你要去的地方，上飞机要检查行李检查身子，在飞机里不能乱走，要绑着安全带，爸爸妈妈要坐在身边，我一点也不觉得在飞。

我翅膀轻轻一扇，身体就向上飘，脖子一转，就改变方向，比走路轻松多了。我飞过山飞过河飞过城市飞过农村，和平时看到的完全不一样，原来世界有这么多样子，我兴奋极了，胳膊展得和翅膀一样宽，啊啊啊地喊。天空只有我一个人，没有人看见我，没有人知道我，鸟是不会睬我不会烦我的。看着下面的人，他们跑来跑去的，急急忙忙，我突然觉得他们好傻，每天都在地上走，要不就待在车里吹空调，很多人一定没有像我这样自己待一待，他们一定也不喜欢的，我看到大人总有很多事情做，忙工作，忙办事，有时连吃饭也叫忙应酬，像爸爸那样。在学校，所有的同学都说课太多作业太多累死了，可放假了我们又觉得无聊，看电视打扑克玩游戏和爸爸妈妈去旅游，总之，一定要找事情做，很害怕一个人待一待的。

在天上飞了那么久，我想回到地上，和很多人待在一起，要是再飞下去，我害怕了，原来，我也不喜欢一个人待太久的。我翅膀往下压，慢慢往低处飞，很快回到地面。我得记得收好翅膀，要是忘了收翅膀，地上的人会被我吓坏，会全部躲得远远的，我走到哪他们躲到哪，我就成了一个人。也可能有的人不怕我，会把我抓走，当作最重大最特别的发现，像关动物一样关我进铁笼，招很多很多人来看我，那时，铁笼外是一群人，铁笼内我还是一个人。不，那时候他们不把我当人了，说不定科学家将我当成研究对象，让我待在实验室的大玻璃瓶子里。

收好翅膀，我变成和所有人一模一样的人，大家就都会喜欢我，和我做朋友，我成了一大群中的一个，很安稳。不过，要是时间太长，我又会觉得腻，烦起来，还会害怕。这时，我只要想想自己是有翅膀的，藏在背上，谁也不知道，就会高兴起来，找个偏僻的地方，悄悄把翅膀展开，悄悄飞到天上，好好待一待。

在天上一个人待着的时候，我会和阿午一样，想东想西的。我想我已经能一个人待着了，可这样待着做什么呢，我想做点什么，像阿午一样，和班里的同学都不一样的。

我飞到一座小山，停在一棵树上，四周没人，我闭着眼睛，风在耳边跑来跑去，不停地问我，你看见什么，你看见什么？我烦死了，伸手向风一拍，说，什么也没看见。自己却差点摔倒了。风说东西才多呢，你闭上眼睛就以为没有吗？你看不见我就以为没有吗？我听不懂风的意思，它的话怪怪的。

走开，我烦得很。我摸不着它，只能骂。

风呼呼地笑，说，冯正申，我知道你在想什么。

我决定不睬它。它终于忍不住，说，你身上有一件宝贝。

废话。我展了展翅膀。

不是这个。风说，你自己都不知道的。

它又乱说话了，我会自己不知道？我哼了一声，半天不出声。

这种东西一直在你身上，可你没发觉。风竟有些着急，我差点笑起来，它在我身边绕来绕去，说，没发觉就以为没有，很多人这样的。

我想飞走了，找个地方待。

你会隐身。风终于嚷起来，长这么大还不知道自己，多浪费时间！

我惊呆了，一点也不相信，可我照风说的做起来，翅膀张到最大，把自己整个盖起来，一会就消失不见——不，是别人看不见我了。我跑到湖边，真的照不见自己了，我大叫大喊。风说，没事，把翅膀收好，就又跟别人一模一样了。我很感谢风，要不是它，我可能永远都不知道自己会隐身，我问风我身上还有别的特殊之处吗？风说这次算我运气，它告诉我，但它不会再说什么了，有没有，如果有，有什么，我自己去找。

我先不找，能隐身已经够我激动的了。

我得用隐身做点什么，耍给自己看太不好玩了，可也不能让别人知道，那样我就成了怪人，这是我不愿意的。我一路走一路想。

一个行人手里的袋子掉了，他捡起来，挂在胳膊上，袋子从胳膊慢慢滑出去，又掉了，他抓着脑袋四处望，望见另一个行人背后的帽子竖起来，他指着那个人，可嘴里说不出话，那个人转头看自己的帽子，我早把帽子放下了，跑去路边抱起一个拿气球的小男孩，小男孩一只手拉在妈妈手里，人浮起来，吊在半空，往前飘，他妈妈呀呀地喊，行人哗哗地往后退，又哗哗地往上围，小男孩高兴极了，扭着身子直笑，弄得我抱不住，放他下来，他反而哭了。我跑开，人群围上去，好半天嗡嗡嗡地散不开，我捂着嘴，笑得肚子一抽一抽的。

这一天，我利用隐身的能力玩了很多人，摆弄了很多东西，让很多人目瞪口呆，很多嘴巴又议论又猜测的，可没有一个猜得对，我很得意。可傍晚时，我玩腻了，突然觉得今天的事有点无聊，忙得要命，以为很了不起，可没有人知道，比阿午的万能房子差远了。

我在路边一个台阶垂头丧气坐下来，这时，我看见了妈妈，还有爸爸，他们身后还有一群人，都喘着气，我才发现自己也喘着气，也不在路边，而是在竹韵园。想起来了，我刚才跑的时候，爸爸妈妈和这群人追着我，在竹林里绕了半天，我一直往前跑，跑出竹林，直到跑不动，直到坐下。原来我没法飞，没法隐身，连阿午那样的竹笼也没有，我沮丧极了。

回去时，妈妈一直把我揽在身边，时不时问一句，小申，你不舒服？我摇摇头。妈妈问，哪里不舒服？我又摇摇头。妈妈弯下腰看我的脸，你想什么，跟妈妈说说？我头也不想摇了，闭上眼睛准备睡觉。妈妈还要问，爸爸说，没事，让小申一个人待一会。

二十四

阿午走出灶间，望着天，对阿姐说，我要把日光收起来。

阿午，你做什么，懒病又发啦。那天，阿姐在灶前冲走出去的阿午嚷，她拿勺子搅着前锅的粥，又去看后锅的猪菜，还差几灶火，快点！

阿午很不想回去烧火的，他讨厌烧火，坐在灶前一把一把填稻草，烦透了，要是冬天还好，灶前暖烘烘的，他凑近了，看灶里的火一蹿一蹿的，还有些好耍，像这样的夏天，刚起火，汗就一层一层出来，感觉脸像被烤皱烤焦的叶子，一点点皱下去。

阿午慢吞吞走回灶前，阿姐边搅着猪菜边狠狠瞪他，他要是慢一慢，胳膊又得让阿姐掐两块青紫，其实，阿午才不怕阿姐掐，他肉硬着呢。阿姐忙，特别是阿妈坐月子后，除了去菜园浇菜摘菜，几乎没出门耍过，所以这些天，很多事阿午不用阿姐掐也会做。

真热，阿午往灶里填一把草就偏开脸，要是煮粥也用煤炉多好，只要隔一段时间换换煤块。家里是有煤炉的，可要煮粥，要熬猪菜，要烧水，煤块又那么贵，根本没办法。有没有不费煤不用烧火的炉子呢？阿午胡乱想着，他突然站起来，差点把阿姐顶倒。他对阿姐喊，太阳灶，连柴火都不费的。

阿姐没听清，也没睬他。

太阳灶，阿午在课本里见过——他不喜欢课本，可很多时候会不自觉想起课本里某些东西——像倒放着的伞，伞柄长长的，撑着一个锅，锅冒着烟。当时，阿午翻到这一页就不动了，他看了半天，看不到火，也不看到填煤块或柴火的口子，锅里的东西就那么熟了？他猜着锅里会是什么东西，少见地举了手，问老师，太阳灶真用日头煮饭？能煮熟？老师点点头，只用日光，什么燃料都不费，比你家的大灶还快。

日头会烧东西？阿午看了一眼窗外的日光，感觉身子烫起来。

老师于是向全班讲解，在黑板上画了一个倒放的伞，比画着，日光收集聚在一点，温度变得很高很高，比火还要高。

阿午明白了，日光照在倒放的伞里，全部流进伞中央，顺着那根铁柄爬到锅底了。当时，阿午想，要是家里有这样的太阳灶，在院子里放两个，一只煮粥，一只熬猪菜。也就是想想，那时阿午总觉得书里的东西是写出来的，是编的，就算老师说真的有，也不敢相信的。

不知怎么的，现在阿午相信了，或者说很想相信了。

粥和猪菜终于都熟了，阿姐一勺勺舀着猪菜，阿午站在门槛边，仰脸看天上，早粥还未喝，日光已经很亮了，他知道不用多久，日头就会从竹林那边慢慢爬上来，那时候，日光会变得很烫。

想到烫，阿午笑了一下，他说那句话，我要把日头收起来。

先把灶前收拾好，烧个火，把灶前弄得像鸡窝。

阿午说，阿姐，我说真的。

阿姐提着半桶猪菜走向猪栏，阿午跟着，耐心地描述太阳灶，他没想到自己对课本里那张图记得那么牢，讲得那么清楚。他还提到老师当时说的一个实验，找一个放大镜，准备一根火柴，对着日光，焦点对准火柴头，聚在一起的日光会把火柴点燃。老师说如果有办法的话去试一试，老师的意思是要等天气好，还得有放大镜。

那时正好是冬天，天一连几日阴着，再说放大镜也是很难找的东西，阿午他们对这个实验念叨了几天就忘了。现在，阿午想立即做一做这实验。

阿姐，没骗你。阿午追着阿姐说，只有放大镜，有日光，就能点着火柴，老师说的。你想想，日光凑成一点，一定很烫。一点点日光能点着火柴，多一些的日光当然能煮饭了。

那给我做一个太阳灶，这样我就省力多了，你也不用每天去挑竹梢，还不用烧火。阿姐说。她猪食舀进猪槽，嘴里啰啰地引猪来吃。

不做太阳灶，太阳灶别人早想出来了，我要更厉害的。阿午说。他走开了，在院子一角蹲下，蹲了大半天，若有所思。阿姐喊他喝粥，他嗯嗯应着，身子却不动。阿弟醒了，阿妈喊他进去抱一抱，她要给阿爸补衣服。阿午抱了阿弟，在屋里一圈一圈走，不捏阿弟的鼻头，也不玩他小手和耳朵。阿妈问，阿午，你身子不舒服，心神不定的？阿午目光傻傻的，不看阿妈，说，我在想事。阿妈哧地笑了，你能想什么事，有什么事好想。阿午张嘴想辩一辩的，但他什么也没说，对着阿弟的眼睛小声嘀咕，大事呢。

阿午在竹林等伙伴们，勤弟最先到，阿午远远地喊，今天不去溪边，耍别的吧。

勤弟飞奔而来，溪边早去烦了，又有什么新主意？捉鱼？掷橄榄核？滚铁环？要警察捉贼？

不要这些。阿午说，等他们来了再说。

阿午让伙伴们抬头，几张脸齐齐仰起，往天上瞅了一会，又低下来看阿午。

日头很大了吧。阿午指着太阳，他看见他们都眯了眼，现在还是早上，等一会才厉害。

当然厉害，都不敢看的。阿绿疑疑惑惑地说，夏天嘛。

阿午说，日光这样烫，到处照，多浪费。

阿午决定先展示实验，那将是最有说服力的。他想起大果的阿公就有一个放大镜，常拿着照一些又破又旧的书，好像那书里能照出宝贝，他看见过。大果拍着手说藏在阿公枕头下，现在阿公去菜园了，偷出来很顺手的。他很快跑回家，很快跑回竹林，手里高举着放大镜。

寨外，一张纸，纸上放了火柴，阿午握着放大镜，小心调整角度。他们看着火柴哧地着了，往四周烧成一圈，纸燃了，火苗在他们眼睛里一扭一扭的。

阿午胳膊一挥，这么多日光，该有多热，会变成什么？变成火，变成力量，还会变成电，变成电最好了。说到电，伙伴们兴奋起来，大果家最先拉了灯泡，晚上，那根尼龙绳一扯，整个屋子就装满了光，第一次看见大果家的灯泡那晚，阿午梦见寨里寨外竹梢树上屋角墙边都有灯泡，晚上在外面走着像走在故事里。

日光变成电？勤弟觉得阿午又不靠谱了。

你们忘了？书里有的。阿午脖子挺直，有一种叫火电站的，专门用火发电。

阿午站在一个小土堆上描述他的设想时，伙伴们相信连日光也在静听。因为有实验的支撑，阿午的描述显得可靠又可行，没有人插半句话。

收集很多很多的日光——想多少就有多少——变成电，装在特制的大铁箱里，比屋子还大的铁箱，铁箱接出粗粗的电线，电从电线出来，再用细电线接出去，哪里要用电，电线就拉到哪里。把电卖到全世界，阿午想好了，穷的地方不收钱，附近四乡八寨的人用电也不收钱。全世界都用金河寨的电，那时，金河寨变成世界上最好看的寨子，再也没有人在开学时要跟老师说学费拖一拖，寨里所有的孩子都会有玩具，像电影里的孩子那样。

比屋子还大的铁箱太远了，日光很近，伙伴们抬脸，日光晒着他们，真的很热，他们伸出手去捧，手一合日光就没有了，他们同时想到一个问题，日光抓不住。

阿午说，太阳灶，像太阳灶那样收日光。阿午跳下土堆，又用画的方法解说，他画了一把倒放的伞，比画着，先做一把伞一样的东西，倒着放，内层贴上收集日光的东西，日光全部往这里流。

阿午手里的竹枝点着伞的最底部。

像脸盆一样把日光装起来。春顺说。

阿午笑，就是这个意思。

阿绿说，这个好耍。

勤弟说，这个听起来容易一些，一把倒放的伞，贴上东西。

伞里贴什么？春顺问。

阿午讲了破镜片、玻璃片和一种少见的镀铝薄膜收集日光的作用，并自己加上一种亮色的糖纸，他认为也能收集日光。那个伞状的东西用铁皮做当然是最好的，可铁皮实在太难找，阿午想了想，决定先用竹片和木板代替。

几个人分为两组，一组先在寨里寨外找，然后再去西寨；一组去东寨，然后去大寨，如果可能的话，到镇上去，那里肯定能找到更多东西。找到的东西先放在坡子山的秘密研究所里，对谁都不能说。

大日头下，阿午他们拿一个破塑料袋，弯着腰在巷子中慢慢行走，脖子伸得长长的，目光跳来跳去，巷头巷尾，屋后墙角都要用脚踢一踢，用手翻一翻，好像寨里寻找食物的狗仔。日头顶在脑袋上，头发烫得冒烟，今天这烫让人高兴，他们相信愈烫会有愈多的电。

他们身后跟了一串孩子，不断学着他们翻翻找找，问他们找什么。这是保密的，他们装得很忙的样子，不回答，孩子们于是猜测，找废品卖？他们笑笑，孩子们当成默认了，笑话他们，找不到能卖钱的东西的，能卖钱的，没有人会往外扔，就是有人不小心扔了，也早让人捡走了。孩子们很快无趣地散了。

孩子们说得没错，和上次做万能房子一样，大半天下来，他们没捡到什么有用的东西，碎镜片倒有一些，因为碎镜片是没有什么用处的。

太阳落山时，他们凑到坡子山的半截山洞，所有人找到的东西倒在一起，就那么一小撮，几截铁丝，几个铁钉，碎镜片倒是比较多。阿午掂着碎镜片说，这些是最有用的，收日光就靠他们。几个伙伴高兴起来。阿午决定，明天去镇上。

几个伙伴都有些紧张，镇子还是挺远的，他们很少去，除非阿爸阿妈卖菜卖番薯会顺便带上。自己去了，被知道，有几个人难免要挨一顿打的。

不想去镇上的，明天去大埔寨，想去镇上的跟着我。阿午说，跑得快点，早上去傍晚回来，还能逛逛镇子，午饭就说在外面烤番薯了。

阿绿说，我要去镇上，我有两角钱，要买粉色的橡皮筋。

阿嬷给我几角钱，我们买米酥吃。大果说。

春顺看着阿午，阿午知道他也想去镇上的。

于是第二天都去镇上，跑出乡道，上了去镇子的大路时，勤弟说，反正阿爸隔几天就要打一次的。

镇上只两条大街，几个人分两组，各走一条大街，然后弯进巷子找。约定午饭时在邮政局见面，在邮政局门口的台阶边吃午饭。午饭他们准备好了，每人带一个番薯，一个黄瓜，裤袋里装两把花生。

下午再回到邮政局门前聚时，大果拖了一把雨伞的铁骨架，是很大一把伞，布全没了，可骨架是完好的，有了这个架子，倒放的伞状物就有着落了，阿午很高兴，问大果怎么弄得到这么好的东西。

我捡的。勤弟大声说，大果力气大，让他拖着。

大果说，我觉得不是捡的，一间屋子墙边放了一堆东西，这把伞架子在那堆东西里，人家还要的吧，可能要留着卖废品的。

人家肯定还要的。阿绿说。

乱说。勤弟拍着伞架子，扔在屋子外面，垃圾一样的，怎么不能捡？

阿午拉着伞架子，很久不说话。

阿午，你不想要就算了，我拿去卖掉，还能买很多哨子糖。说着，真要拖走。

这个很有用。阿午拦住，再找不到这样合适的了，以后发了电还那家人几把好雨伞。

所有的人都同意这个说法，拖着伞架，带着一整天的收获，跑出镇子，往金河寨的方向跑。

二十五

我想做点什么，该做点什么。放下《琉璃夏》，我对自己
说。说完这句话就坐不住了，我不知道该做点什么，虽然我和阿午
一样也想过很多事，可只是想而已。我不愿再这样想来想去而已
了，阿午在田里躺了一会，去挖山洞了；在山洞里躺了几天，去做
万能房了；在灶前烧火煮了一锅粥，院里蹲半天，准备收集日光，
变成电。

做什么呢？我努力地想，坐在书桌前，戳坏了两支水笔，揉
皱了一个新本子，下巴在桌面上磕得发痛，还不知要做什么。爸爸
出门了，最后，我决定问问妈妈。我不知怎么跟妈妈讲，只烦躁地
说，没事做，无聊透了。

妈妈可能前些天让我吓坏了，立即过来揽我的肩，问我想干
什么。意思是她不会管得太紧，暂时不会要我学习。我不出声。妈
妈开始列举一些事让我参与，她甚至少见地建议打电脑游戏，看电
视。看我没反应，妈妈决定放下手头的事，带我出去逛，公园或游
乐园，还可以带我到罗尹健家，她和罗尹健的妈妈做奶油蛋糕给我

吃。妈妈自制的奶油蛋糕本来是我最喜欢的，可我高兴不起来。我说，这不是我说的那种事，和平时做的不一样。

妈妈又用怪怪的眼神看我了。我赶紧说，我自己去找同学玩。阿午有一群伙伴，陪着他做一件又一件的事，我也可以找个伴的，说不定找到的时候就能想到做什么了。

罗尹健不行吗？妈妈说，在我们小区，方便。

他不是我同班同学，我想找同学。

妈妈还在沉吟。

我又不是没去过同学家，路很熟的，到了我给你电话。

我带你去。

没意思，同学会笑话的。

记得给我电话。

我走得很慢，边走边努力想着一件什么事，能跟阿午一样动手去干的，可到了何力的家门口，还没一点头绪。何力的爷爷开的门，太扫兴了，何力跟爸爸妈妈去旅行了。

我边下楼边给妈妈打电话，说我到何力家了。

我不想这么快回家，出了何力家的小区，拐了个弯向陈一鸣家走去。我总是没办法才找陈一鸣，他妈妈比我妈妈好管事一百倍，幸亏陈一鸣好玩，他在妈妈面前很乖，在同学面前就全变样了。

看到陈一鸣的妈妈，我紧张起来，差点掉头走开。她很仔细地看了我一眼，说，正申呀，怎么没带暑假作业，和一鸣校对一遍，下次记得带。

我点点头，往里看，陈一鸣从房间出来，站他妈妈后面兴奋地冲我吐舌头。

正申，来，先喝杯水——找一鸣有事？

我们有个实践活动的作业，要和同学进行合作，一起动手完成，一起写报告。来的路上我就想得好好的，心里念了好几次，现在说出来还有点结巴，其实，我也不算撒谎，老师确实布置我们做一个手工，并把过程写下来，不过没提合作。我小心地强调，老师布置的。

没错，刚放假老师就布置了，说亲自动手后写出的作文最真实。陈一鸣说。

果然，听到最喜欢的老师、作业、作文这些词，陈一鸣的妈妈笑起来，忙说，那你们去忙，每人端一杯水，需要什么喊一声。

我对陈一鸣说我们想点事做，以前没做过的。陈一鸣不明白我的意思，可他很高兴，说，想吧想吧。我说作文的事怎么跟你妈妈交代？陈一鸣哼哼鼻子，小问题，这种作文我练多了，什么制作笔筒、爱心花朵，什么书签、标本，等一下随便写一个，半小时就搞定。

小船的实验是随便想起的，一时实在想不到阿午那样的事。这个实验科学老师跟我们讲过，用蜡烛烧开瓶子里的水，蒸气推动小船，记得看过一部动画片，两个小孩就乘着这样一只小船，太吸引人了，要是乘这船绕地球逛一圈……我来不及想好，就对陈一鸣提了这个实验，新想法接着冒出来，给船做一个活动的玻璃罩，遇到风浪就罩起来，像个球浮在水面上，风浪多大都不怕的，到时蜡烛是机器蜡烛，像阿午想的那样，吸收太阳光，变成火，火永远不会灭，瓶里的水海里舀就是。

阿午是谁？陈一鸣奇怪地问。

我支支吾吾地说童话书里看到的。

陈一鸣被我的想法吸引，很快忘了阿午，问我需要什么东西。

做小船的硬纸板，贴在船外层防水用的大卷透明胶带，做罩子的塑料软板，大脸盆，玻璃瓶，蜡烛，火机。我列出东西，陈一鸣到处找起来，他妈妈听说要找材料，忙帮着找。不过，陈一鸣没提蜡烛和火机，说这两样东西是要引起妈妈怀疑的。

虽然很小心，陈一鸣的妈妈还是发现他找了蜡烛和火机，她跟在陈一鸣身后走进房间，微笑着看我和陈一鸣。后来，陈一鸣说不是他不小心，是妈妈太小心，她有专业的侦察水平，每天就用这样的专业水平对付他。

陈一鸣的妈妈说，你们做什么？什么手工要用这些东西？

我们做实验。我紧张起来，抢着说。

老师说过这个实验。陈一鸣说。

作文不一定要写这个吧。陈一鸣的妈妈追问，老师没有限定的吧。

我想写这个。陈一鸣说。

我也想写。我说，有很多东西可以写，能把作文写得很长。记得陈一鸣说过他妈妈最喜欢他把作文写得长长的。

这一次长作文也没用了，陈一鸣的妈妈摇头，打火机和蜡烛是危险的，不能玩火，你们做点别的。她向陈一鸣伸出手。

陈一鸣掏出蜡烛和火机，但没有递给他妈妈，咬着嘴唇，说，我想看这个实验，老师讲过，很好玩。陈一鸣变大胆了，敢这样不听妈妈的话。

他妈妈没动，手还是伸着，脸还是笑着，可是我知道不太对头了。我凑上去，说，阿姨，我们会很小心……

他妈妈看了我一眼，想了想，拍了下手，你们想看实验过程？有办法。实验叫什么名字，去网上查查，一定能查到，整个实验过程想看多清楚就看多清楚，还能反复看，又省事又安全——玩火不好，没有小心与不小心的。

我真想告诉她我们不是玩火，连玩都不是。当然，我不敢说的。

陈一鸣的妈妈很厉害，没错，网上一定有这个实验，整个过程一定很清楚，可那有什么意思。我忍不住想说要是想看我们早就看了，还想说我们还想加船罩，还想研究机器蜡烛，还想……

把东西给我。陈一鸣的妈妈又说，陈一鸣把打火机和蜡烛递过去。

我坐下，翻着一本书，陈一鸣随便翻着另一本书。

出门前，陈一鸣的妈妈说，再想点别的吧，只要不危险，需要什么材料，我带你们找。

我们不想做别的了，很久没说话。一会，陈一鸣的妈妈又打开房门，说，要是真那么想动手做实验，我带你们去科技实验馆吧，你们实验个够——现在就去。

我和陈一鸣都没动。科技实验馆我去过，排着队，按说明方法操作，然后看看旁边一个牌子，有实验原理和说明，一点也不好玩。班里很多同学都去过，家长们认为这是有意义的活动，有利于孩子的发展。我去了不止一次，玩过后，没弄明白有什么意义，也不知道自己是不是发展了。

陈一鸣说，不用，我们想别的。

我什么也没法想了，随手拿一支笔在纸卜乱画，陈一鸣把书翻过来翻过去的，我们很久没说话，我觉得不好意思，是我提出实验的，陈一鸣也一定不好意思，他妈妈在我面前这样。

我快把纸画满的时候，陈一鸣凑过来问，画什么？

我把本子推过去，他看了看说，看不出，全是扭来扭去的线。

是迷宫。我随口应着。

迷宫！陈一鸣兴奋起来，自己画的迷宫，出口在哪，我看能不能走出来。

没出口的，也可能有，我自己都不知道，你自己找。我耸耸肩，停下笔细看了看，真的有点像迷宫。

挑战我？陈一鸣哈哈笑，我才不怕，我可是走迷宫的高手。他的手指真的划来划去地找起路线。

我手里的笔一拍，没错，我们画迷宫，至少是好玩的事。可惜纸太小了，已经快让我画满了。

陈一鸣说，大张的纸，容易。他跑出去，一会抱了一个纸筒进来，抽出一本日历，每一页都有一张薄薄的国画，后面垫着一张纸，纸张很厚，纸质很好，陈一鸣撕下一张，说这个够吧。他拍拍日历，这里还有，每年别人送的日历家里都不挂的。

我蹲在那张纸上，高兴地说，这才痛快，我们画一个超大的迷宫，要是这张纸不够，再拼上几张纸，说不定画出世界上最大最高级的迷宫。

有意思有意思。陈一鸣在旁边跳来跳去，抓出一把铅笔，扔在纸上，我们开始吧，我的入口在这里，你的入口在哪?

要画很多很多入口，顺着纸的这条边，画一整排的入口。我拍着纸说，想进迷宫自己挑入口，没人知道哪个入口运气好一点，路会顺一点。

有意思，就这么画。陈一鸣趴下去一个接一个画入口，我们会在每一个入口接上路，哪条路能走下去就没人知道了。

陈一鸣建议每个入口最少先画一条能通出口的路，其他再慢慢加，有些通有些不通。

不这样画，不用管入口后能不能走到出口，走得过去就走，走不过去算倒霉，一进入口就能走出去，太容易了，一点悬念都没有，要是这样的话，只要选一个入口，进去都不怕的，知道反正有路的，只要愿意闯，总有走到出口的希望，有这么好的事吗?

嗯，那这个迷宫有点吓人了，进了入口都不知有没有路的。陈一鸣说，不过，听起来很刺激——那出口呢，出口画在哪一边?

也不管出口。我越想越激动，到时随便在四处画一些，有些出口是真的，有些出口是假的，看走迷宫的人能不能撞出来了。

陈一鸣呆呆看着我，好像他被困在迷宫里了。

我笑了，你做什么这样，虽然这个迷宫这样怪，这样危险，可说不定有更多人喜欢这种迷宫。再说，我不说，你也不说，谁知道出口和入口的真和假。反正我们随便画，画得越乱越好。

走入口不一定有路，出口也不一定对。陈一鸣摇着头，这个迷宫太怪了，不过很好玩——实在不行了就退回来，不走还不行吗？

绝对不能退。我嚷起来，陈一鸣提醒了我，我手指点着出口说，不能退，要是能退，全都可以退回来重新找入口了。每个入口都有一个炸弹，进入时没事，如果退回来，炸弹立即爆炸，什么都没有了。这比迷楼厉害多了，爸爸跟我讲过迷楼的故事，虽然没有出口，可是只要拉一根线就可以原路返回，太简单了。

陈一鸣咽着唾沫，正申，你主意太多了。

我觉得自己像弄了一个世界，世界里所有的事都由我安排着，进入世界的人永远弄不清楚，连我自己也不可能清清楚楚。我得意起来。

我们半跪半趴着，线一条一条爬满那张日历纸，就在我们画得兴起，准备接上第二张日历纸时，房间门开了，陈一鸣妈妈的脸伸进来，她看到了迷宫，说，你们做什么？这是手工吗？

我们唰地坐直身子，不知说什么。虽然陈一鸣的妈妈最后走了，说让我们再画一会，然后就得看作文选。我们却一点也不想再画了。我和陈一鸣把那张迷宫卷起来，并把日历纸留着，约定以后邀同学一起画出超级迷宫。可从那以后，我们再没有打开那张迷宫。

二十六

阿午往田野走，脑门顶着日头，脚下踩着影子，脚底磨着路面唰啦啦的声音像影子，一路跟着。下田的人都回了，他偏头看了一下，寨里的烟囱不停地呵着烟，好像闻得到饭香了，可他还是往田野深处走，一个人。陈立兴拿着那袋饼干站他们面前时，阿午就知道自己会变成一个人，不过那时他还不想承认，现在他想一个人。

其实阿午不是一个人，阿绿和春顺老是跟着，不远不近的，阿绿隔一小段就喊一声，阿午。她一喊，阿午的脚步就急起来。阿午，阿午。阿绿喊得更急，和春顺大步赶着，阿午奔跑了，他有点怪阿绿和春顺，跟着做什么，看他这样子吗？他又害羞又生气，往前面麻田里一钻，嗖嗖地穿过。春顺拉拉阿绿，阿午不想让人跟着。阿绿想了想，说那回寨吃过午饭再说。

阿午他们在邻近寨子忙了一上午，收获不大，他们把东西放进秘密研究所，再次清点了几天来收获的东西，除了那个大伞架子，其他的都零零碎碎，勤弟的下巴要翘到鼻子上去了。阿午说，慢慢收集，这是大事，要是那么容易，世界上就会有很多很多爱迪生了。爱迪生这几个字再次让他们胸口蒸腾起一股气。回到寨前时，阿午喊住几个伙伴，建议下午到隔乡青湖找，青湖是大乡，寨子多人也多，一定能捡到更多东西。阿午安排先去哪个寨子，挥着手把人分成两组，同时去两个寨，陈立兴的声音就在这时响起，哎地喊了一声，阿午他们抬起头，看见他站在不远处，人有点变样了，不知是因为那身衣服还是因为手里那袋饼干。

刚放暑假，陈立兴就去县上舅舅家了，住在县上已经很了不起，更厉害的是他舅舅还在县上办了一个饼干厂，听说是南洋的亲戚寄钱给他办的。

几个人不出声地看着陈立兴，好像认不出他。陈立兴走近几步，又哎了一句，勤弟想应声的，可他看了看阿午，那声哎没出口，只是拉着嘴巴笑了笑。几个伙伴看了一会陈立兴，转头看阿午，阿午扬着头，斜着眼看远处的竹梢。

阿午和陈立兴本来很要好的，在班里还坐同一张桌子，但放假前他们闹翻了，因为一只蜻蜓。那只蜻蜓是阿午捉到的，没见过那么大的蜻蜓，阿午向所有的伙伴展示了，拿一根线绑住，任蜻蜓飞，线拉在手里，放风筝一样，耍一会就放走，捉了蜻蜓一向是这样。阿午让伙伴们耍了一圈，线在陈立兴手里时，他不肯放了，央阿午把蜻蜓给他，阿午说要放，拿这蜻蜓有什么用，陈立兴说不想放，捉住了再放做什么。阿午问你要它做什么。耍。陈立兴把飞着的蜻蜓往下扯。阿午问，然后呢？

耍。陈立兴又扯了一下。

阿绿说，蜻蜓会死的。

死就死。陈立兴说。

阿午把线从陈立兴手里抢过去，开始解蜻蜓，说，这是我抓的，我放。

就在这时，陈立兴两只手扯住蜻蜓两对翅膀，用力往外拉。阿绿尖叫一声，阿午手里的线掉下来。

都以为阿午一定要和陈立兴打架的，陈立兴已经站好架势，手也握成拳，但阿午看了看他，转身走掉了。陈立兴嚷起来，脖子又硬又红，阿午没回头。那天起，阿午再不和陈立兴说一句话。伙伴们不知阿午这次怎么想的，以前有什么事打一架就过去了。勤弟问过阿午，阿午说他自己也弄不清楚，反正他看见陈立兴就烦，是真不想要这个伙伴了。勤弟说，不就一只蜻蜓嘛，你要我再帮你抓一只。勤弟和阿午好，也和陈立兴好，他们这样，他为难。阿午说我不要蜻蜓。

陈立兴继续往这边走，他只看着阿午，想，这么久了，阿午不会不睬人的，寨里的男仔相骂或打架没有记仇记这样久的，他看他们凑在一起，肯定有什么好耍的事，当然，肯定是阿午的主意，去舅舅家这么久，虽然有饼干和玩具，可错过伙伴们很多游戏了。

阿午脸转开，冲伙伴们喊，回家了啊，下午还得忙哪。

你们耍什么？陈立兴大声问。

伙伴们看着阿午，阿午说，这是我们的事，谁也不许漏口。

勤弟为难起来，说，阿午，立兴要是参加，还多一个人帮忙。

我不要他帮忙。阿午说。

阿午，吃饼干。因为那袋饼干，陈立兴底气十足，决定先开口，我舅舅的饼干厂做的，昨天刚出厂，比炒麦子还脆，你拿吧，想抓多少抓多少。陈立兴向阿午敞开袋口。

阿午闻到饼干的香味了，他从来没闻过这样的香味，要是没有那只蜻蜓，阿午一定两只手同时伸进袋子，捞一大捧，才不会跟陈立兴客气。可是他看到陈立兴的脸，在县上捂了那么久，白了很多，冲他笑着，忍不住往后猛缩，胸口一蹿一蹿的，不知是恶心还是生气。

不吃。阿午哼一声，我不爱这种饼干。

你们要什么？陈立兴终于忍不住问，午饭后要去哪？

没人说话。

陈立兴把饼干袋举起来，依次从阿绿、勤弟、大果、春顺面前掠过，你们吃，我在舅舅家天天吃的。

所有的人看着阿午，阿午听到一片吞口水的声音，他嚷，看我做什么，想不想吃关我什么事。

饼干里加了鸡蛋和牛奶的，味道浓极了。陈立兴晃着袋子，做什么不吃？

勤弟说，我，我试试。他的手伸进陈立兴的袋子，接着是咬饼干的脆响，勤弟愈咬愈快，嘴里呜呜地呼，喷着饼干屑。好吃好吃。他说，你们吃一下。

大果的眼睛变得直勾勾，陈立兴抓了几块饼干放在他手里，他拿起一块，试探性地咬了一口，接着整块塞进嘴里。很快，几块饼干都吃光了。

阿绿，春顺，你们不吃？陈立兴把饼干袋弄得沙沙响。

阿绿说，什么了不起，又不是没吃过饼干，春顺，你也不吃吧？她去看阿午，阿午扭着脖子，抠着手指。

春顺摇摇头。

陈立兴一直看着阿午，他退开好几步，说，勤弟，大果，再吃一点。勤弟和大果跟到他身边去，每人手里又握了好几块饼干。几个人站成两组，勤弟大果和陈立兴一块，阿绿和春顺留在阿午身边。

阿午低声对阿绿和春顺说，你们去吃饼干，又不是你们跟他不好，我要回家喝粥了，天热死了，吃饼干要噎死。

春顺说，我也回家喝粥。

阿绿说，一起走，下午我们去找东西就好。

陈立兴又问，你们在耍什么，要去哪？

勤弟和大果嘴巴停了，望着阿午。阿绿大声嚷，阿午想的新主意，你没耍过的，寨里没人耍过的。

勤弟，你说一下。陈立兴又往他手里放了两块饼干，有我舅舅给我的塑料手枪好耍吗？有我舅舅带我去坐碰碰车好耍吗？

好耍一百倍。阿绿又喊。

陈立兴扯勤弟的胳膊，勤弟看阿午，阿午说，这事是保密的，不想要就别参加，可不能说出去，这是说好的。

春顺小声提醒阿午，还有秘密研究所。

阿午大声说，还有秘密研究所，万能房子，都是不能说的，谁说谁是乌龟。

秘密研究所？陈立兴眉毛跳了一跳，那是什么？勤弟，大果，你们说说。

勤弟和大果看到阿午冒火的眼睛，摇了摇头。

陈立兴突然冲到阿午面前，是什么？还有万能房子。你说，饼干都给你。

阿午冷笑，不要你的臭饼干。

陈立兴慢慢退回去，阿午冒火的眼睛看到他的眼睛也在冒火。陈立兴大声对勤弟和大果说，你们告诉我，我家还有很多饼干，跟这个不一样的，每人给一袋，拿回家慢慢吃。

寨里静极了，寨里有阿妈在唤人吃饭，有猪的叫声，阿午听见日光哗哗啪啪的响声，他看看伙伴们，阿绿和春顺站在自己身边，他们看了一下陈立兴的饼干袋，很快跳开目光，勤弟和大果手里攥着饼干，跟在陈立兴身后，远远看他。勤弟说，阿午，跟立兴说吧，以前他和我们一起的，多个人不好吗？

阿午朝勤弟扬了扬拳头。

只要说了，现在我就回家拿饼干——还有我表兄给我买的贴纸，有大侠，有明星，每个人分几张。

阿午发现陈立兴提到明星贴纸时，阿绿的脸猛地抬起来，看了看陈立兴，又很快低下去。阿午的眼睛痛起来。

秘密研究所就是……勤弟犹犹豫豫开口了，阿午尖叫一声。勤弟吓住了，张着嘴很久没动。

勤弟，你是叛徒。阿绿跳着脚，大果，你要说，我再不跟你要。

阿午转身走了，阿绿在身后着急地喊，阿午，勤弟又要说了。阿午脚步快了。

钻出麻园跑了一段后，听不见阿绿和春顺的声音，该回寨了，阿午希望阿绿和春顺也去吃陈立兴的饼干，他们跟着自己做什么，陈立兴有饼干，还有贴纸，阿午想了想，自己只有橄榄核、玻璃珠子、竹枪、小刀，他们都是有的。

阿午一直走，直到脚酸起来，秘密研究所以后要让不喜欢的人知道了，还有万能房子，他都不想再去了，对收日光的倒放的伞他也怀疑起来。以后，他一个人了，这样走来走去的，阿午突然很伤心，甚至忍不住有些害怕。他觉得现在该去找风伯，风伯总是一个人，从年轻起就这样，可他一点也不怕。

刚吃完午饭，阿午就火急火燎地要出门，好像伙伴们已经等在门外，阿姐骂，又死哪里去，一天到晚只知道要，洗了碗再去。阿午说，下午我回家再洗。阿姐跳过来揪他的耳朵，他夸张地尖叫起来，弄得阿妈在隔壁喊，阿姐松了手，阿午一扭身就跑了。阿姐骂着追出门，不过很快被阿午甩掉了。

阿午刚进竹林，就看见阿绿和春顺朝他家来了，亏他跑得快。勤弟和大果下午不会再来了，阿午就怕阿绿和春顺来，他拼命往竹林深处跑，从另一边跑出竹林。让阿绿和春顺去找陈立兴好了，去吃饼干拿贴纸，关我什么事。阿午赌气地想。他想找地方待着，至少待到寨里人煮晚饭的时候，他才慢吞吞回。

他转来转去，没有一个地方想去的，后来，他跑到风伯屋里。风伯正要午睡，阿午说，你睡你的，我坐着。

风伯睡着的时候，阿午起身关了门，风伯夏天午休一向不关门的，说通风。

日光都被关在外面了，这样很好，看见从门槛边爬进来的日光，阿午就忍不住想那个收集日光，变成电送到全世界的计划，好像远成天边一朵云。没多久，阿午听见外面阿绿和春顺的声音，春顺说，秘密研究所和万能房子阿午不会去的，勤弟一定带陈立兴去看了。阿绿说，会去哪？藏在风伯屋子里吧。阿午紧张起来。春顺说，不会的，风伯要是在家不会关门的，可能阿午和风伯一起出门了。阿绿相信了春顺的话，两人的脚步声慢慢淡了。

阿午抱了胳膊坐着，一动不动，屋里静极了，蚊子和空气好像也睡着了，可阿午脑子里有东西一蹿一蹿的。

二十七

我悄悄推开风伯的门，走进屋。阿午吓了一跳，我说，你不认得我了？阿午认出我，点了点头，可他站起来，身子扭来扭去的，说要走了，还有事。我说，你现在没事，也不想去别的地方，你的事我全知道。阿午脸红了，很不高兴地看我一眼，关你什么事。

我想说说我自己的事。我说，你能听听吗？

阿午好奇地看着我。

我本来也想写日记的，可我的日记本妈妈都能搜，她一定要全部看过，说得了解我的思想动向。

阿午很奇怪，你阿妈那么闲的？我阿妈有时连我念几年级都忘掉。

你太自由了。我羡慕地说，我每天学哪篇课文掌握多少个单词讲哪道例题，妈妈都要一清二楚的，要是我没学扎实，别想过关。

阿午伸长脖子凑近我的眼睛，好像想看我说的真话还是假话。我说，你当然不明白，就像我也不敢相信你阿妈不知你念几年级，要是我把这事告诉同学，他们一定认为我在讲最大的笑话——你坐下，我把我的事讲给你听。我指着一张矮竹凳。

我是尖子生，从一年级起就是，成绩好，作文好，演讲好，课堂上要是出现难题，连续几个同学没答对，老师就会说，冯正申，你告诉大家吧。好像不用问就知道我会的。我也没让老师失望过，很少有难倒我的题。班会由我主持，作文比赛我拿奖，数学奥林匹克我去参赛，班里得第一名的黑板报是我设计的。更重要的，我不是书呆子，只在课堂好好听讲，其他时间轻松得很，当然，回家里会让妈妈捉着过关这个过关那个，不过，有爸爸在，妈妈不会比班里其他同学的妈妈过分。班里的同学都佩服我，最调皮的同学见了我也笑一笑，从不找我的麻烦。虽然我只是学习委员，没有当班长，不过我喜欢，班长的成绩比我差，作文没我好，演讲水平比我低，老师说他组织能力好，我同意老师这话。组织能力好不就是管人嘛，我最烦管别人了，因为不用管别人，同学们还更喜欢我了。在学校里，不管我在哪，都围着一群人，能和我说话的挤在最前面，说不上话的就在后面听着。

阿午，我没有夸张的，我们年级没有一个不认识我的。

阿午静静看着我，不知是对我说的没兴趣，还是听不明白。

后来，班里转来一个叫杨宁的，他进教室时，我想，不出几天，他也会像别的同学一样跟在我身边。可老师一介绍他，班里的同学就盯住他。老师提到杨宁拔尖的成绩，特别是参加英语歌唱大赛，夺得市一等奖，他的书法作品贴在市博物馆的少年展馆里，他还曾代生病的老师为班里同学上课……一些同学不顾正在上课，哇哇嚷起来。我越听越难受。

阿午，这是我的真心话，不对别人说的，老师会批评我，妈妈会跟我讲道理，爸爸可能也会，同学会看不起我，可我是真的不舒服，阿午。一下课，同学们就围住他，问这问那，让他唱一首英语歌，写几个字，他唱了一首英语歌，还在本子上写了几个大字高高举起，说回去要用墨笔写格言，送给每一个同学，很多同学鼓起掌来。我坐在座位上，拿笔在本子上画来画去，装着很忙的样子，周围的同学伸着脖子听杨宁唱歌，还有人拍我肩膀，说，唱得不错，跟外国人唱的一样。我抖抖肩膀，把那只手抖下去。我真想快点上课，阿午，以前我只想下课时间长一点的，我让那歌声弄得烦透了，笔把本子都画烂了。

阿午，从那以后，我很害怕下课了，上课大家都一样坐着，回答问题，我和杨宁都举手，都回答得好，还没什么差别。一下课，别人就围着他，他讲以前那个学校的事，讲怎么给班里的同学讲课，弄得真像个老师似的。除了上厕所，我只坐在自己座位上，拿笔在本子上写写画画，就算有同学过来跟我搭话，我也闷闷的，同学很快走了。

阿午听得很用心，目光盯到我眼睛里。看着他的眼睛，我不怕，说这些也不害羞，我说，我不是怕一个人待着，在家里我常常一个人，有时候，还怕妈妈老烦我，恨不得老一个人待。可我是想在一个人的时候一个人待着，在热闹的地方，比如下课后的教室，我是不想一个人待着的，那样好像很怪，很可怜。

我知道阿午听得懂，他一人走向田野深处的时候，一定也是这样。

你怎么办？阿午终于问了一句话。

那时，我在大冬天偷偷洗冷水，想把自己弄发烧，然后请假，谁知冻得要死也不发烧。第五天，我洗澡时气得跺脚，一跤滑倒了，把手摔伤了，伤在左手，妈妈带我包扎后还是送我去学校，说不影响听课，右手没事，不影响写字，只请老师交代其他同学别碰了我，别让我上体育课。这一来，同学更不敢走近我，上体育课时我还得坐在操场边，看同学们跳绳跑步。那次单元考，我得了第十名，那个杨宁第一名。没人说我，都觉得我是受了伤影响成绩，我也时不时扶一下胳膊，很疼的样子。不过，我知道，要是下次还考这样，就说不过去了。

次次都得考第一名？阿午问。

那时不是成绩好不好的事了。我说。

阿午抿了一下嘴，我知道他明白了。他还是问，你怎么办？

我才记起还没说怎么办，只记得诉苦了，我突然有点懂妈妈为什么话那样多。

我学魔术。我干干脆脆地说。

魔术？阿午一下子没反应过来。

我笑起来，爸爸说他们小时候叫小把戏，不知你们是不是这样喊的？

是。阿午点头，学魔术做什么？

那天，我在电视上看到一个魔术表演，很精彩，可是我看得懂，我稍微学一学，也能玩。我一向喜欢魔术，以前陈一鸣和何力来，还给他们表演过，把他们演呆了。我有了主意。

阿午把椅子往我这边挪，不知是喜欢魔术还是想听我的方法。

我在网上搜了一堆魔术视频，买了魔术方面的书，买演魔术的小道具，自己也做一些。那段时间，我的课余时间都给了魔术，一个星期后，我用相机把自己耍魔术的过程录下来，看了看，觉得都可以上舞台表演了。我做了一件尖子生一般不会做的事，把一些简单的魔术道具藏在书包，带进学校。下课铃响的时候，我拿出一样小道具，玩起一个魔术，装作是无意间玩起的。

很快有同学围近来，盯着我的手，呀呀地喊，不停地问我怎么回事，怎么回事。我不说话，又表演了另一个魔术，比刚才那一个更精彩，更多的同学围过来，赞叹声愈来愈大。我抬头看了一下，同学们挤成一个圈，我是那个中心点，我高兴极了，越高兴魔术表演得越顺手。那个下课，杨宁周围很多同学都到我这边来了。

那天开始，每到课间我就表演魔术，要知道我课余时间学了那么多，还自己琢磨一些新花样，在学校有本事不停变花样的。同学们忍不住，不停追问魔术的真相，我拆解了一些简单的小魔术。有同学拜我为师，他们学着电视里的样子，手抱成拳头，对我说，大侠，收我为徒吧。我脑顶好像升起一股气，又凉又轻，弄得我整个人也凉丝丝轻飘飘的。我说得面试。看同学们坐在面前紧张地盯着我，扭着手，我是多么高兴。

我办了魔术学习班，同学们学得比上课还认真，我没法一个人待着了，走到哪屁股后都跟了一群人，杨宁身边很少同学了。大半个班的同学都在玩魔术，很快同级其他班也开始流行魔术，但我的技术是最好的，别班的同学也找我学魔术了。有的同学上课都在偷偷玩，他们手伸在课桌底下，玩最简单的，一张纸，一块扑克牌，一根橡皮筋。

老师发现了，在班里禁止魔术，他调查到我，批评我作为学习委员竟带头把玩具带到学校，影响很差。我咬着嘴唇，感觉有一颗硬硬的东西塞在喉咙，什么话也应不了，这是我第一次被老师批评，老师以后会不喜欢我了吗？我的指甲把手心弄痛了才忍住没哭出来。

和我停了收集日光的计划一样，你也不玩小把戏了吗？阿午问，很担心的样子。

老师已经批评了，再玩，家长得被喊到学校了。最主要的是，那个时候，很多同学和我一样，到网上看视频，买了魔术书和魔术道具，自己在家里学，不用我教了，我玩得也不新奇了，加上老师不许玩，没多久，玩魔术的潮流慢慢过去了。本来就这样，学校玩什么，总是一阵一阵的，像陀螺、魔尺、手指滑板等那些东西，大热一段时间，很快过去，换成别的了。

那次期中考，我退到第二十名。妈妈一定要去学校问清楚，爸爸帮我拦，加上我的保证，好不容易拦住了。爸爸跟我谈了，我只提到魔术，没提到杨宁，没提到那些不再跟着我的同学。阿午，只有你知道这事。期中考后那个单元，我重新进到十名以内，可是下课我又变成一个人。有时，我实在坐不住，就到别班去，和隔壁班的同学说话。

现在还是这样？阿午问。

那我会郁闷死的。我笑着说，幸亏有那道数学题。那天数学测试后，还有一点时间，数学老师出了一道趣味思考题，说练练同学们的脑细胞。这可是我最喜欢的，很快解出来。老师提问了很多同学，无人能解，杨宁也没法。我上了讲台，把解题过程写得清清楚楚，而且很有条理地讲解了。老师带头鼓了掌，阿午，我看见全班同学在鼓掌，包括杨宁，眼睛都看着我。

那时候，我知道，杨宁的英语比我好，可我的数学比他好，特别是难题。因为那一道难题，我的兴趣来了，回家搜出一套叫《烧死脑细胞》的书，书里大多是数学趣味题，难度很高的。带这书去学校时，我原本打算下课时看一看的，一个人坐着实在太闷，老去隔壁班也不好。没想到很多同学喜欢这套书，凑在我身边一起看，可里面的题很少人能解，解不出就问我，我讲一道他们吃惊一次。

有一次，杨宁也凑过来了，看我的书，向我请教。我以为自己会很讨厌他，可是我很高兴，跟他讲得特别清楚。我和杨宁成了好朋友，当然，我身边又有很多同学，跟我好，也跟杨宁好，年级里把我和杨宁称为班里二员大将，我们的成绩不相上下，有时我好一点，有时他好一点，这时候，就是他考得好，我也不难过了。我想，以前不开心，不是因为他成绩比我好，我才不是那种嫉妒的人，再说，我自己有实力，怕什么。

我得意地看着阿午，阿午你说是不是？

你怕你自己。阿午说。

我怕自己做什么。我笑起来。

你怕别人不睬你，怕别人不看你。阿午又说。

阿午说这样的话，我有点生气，说，总说我做什么，你还不是一样？

阿午不说话，也不看我，偏开脸，去看睡得很香的风伯。

要是你那个秘密研究所弄成了，秘密实验成功了，可只有你一个人知道，实验用都用不了，有意思吗？你想万能房子的时候不是想着寨里人都用那种房子吗？要是洪水来了，台风来了，你一个人藏在万能房子里高兴吗？要是你收集日光变成很多很多电，可没人愿意用，那才没劲哪。你就能一个人吗？

阿午还是不说话，他的头低下去，夹在膝盖中间。他很难受吗？我有点不好意思，不该这么说阿午的，我知道他的事，他也知道我的事，这样的朋友，我只有一个。

二十八

阿午想跟阿爸说回家去，关上门，他愿意被吊起来打，但来
不及了，阿爸的竹枝甩下来，甩得那么快，已经围了那么多人，阿
午要说的话全忘了。他尽量垂低了头，假装没看见围着的人，他看
见自己的影子，从脚下拉出去，黄昏，影子拉得很长，连同阿爸的
影子，他拿竹枝的手一往上扬，人就更长了，都碰到那些围着的人
的脚步了。看见那些人的脚，阿午的目光缩回来。

阿午不觉得多痛，可他很想哭，觉得就要忍不住了。上次被
阿爸打的时候，阿午的下巴扬起来，看着伙伴们，都想冲他们笑一
笑。今天，他的脑袋变成石块，脖子怎么也撑不住。他知道阿绿春
顺他们都在那里，气极了，想以后不会再和他们一块耍了。对了，
陈立兴也在那里，阿午想扑上去咬他一口。

哪去了，说。阿爸边打边嚷，钱用哪去了？

买东西，全用光了，阿午买了贴纸、彩色笔、小刀、哨子
糖、米酥条。他提了一大包东西找来春顺和阿绿，让他们把勤弟和
大果喊到坡子山。勤弟和大果到的时候慢吞吞的，阿午高声地说这

说那，不提陈立兴的饼干。阿绿说，还去秘密研究所吗？阿午摇头，他带伙伴往坡子山上走，在一棵大树下停住，手里的袋子翻过去，东西全倒在草地上，招呼发呆的伙伴坐成一圈，说，发东西了。

阿午，这些……

全部给你们。阿午开始发东西，每个人分得一模一样，自己只留了几张贴纸和几颗哨子糖，说要给阿姐。

分完了，伙伴们坐着不动。阿绿问，阿午，你做什么？

给你们的。

勤弟问，阿午，你要我们不跟陈立兴好，是吗？

阿午说，你们跟哪个好关我什么事。

大果问，阿午，我们还要什么？

不要了。

春顺凑近阿午，小声问，阿午，你怎么有这么多钱买这些？我不要这些，你给我橄榄核好了。

阿午站起来，拍拍屁股，我要回家了，这几天我不要，要去挑竹梢，风伯又帮人砍竹子，给我更多的竹梢。

阿午想求阿爸回家再问，他全都会说的，可阿爸只是打，只是嚷着问，阿午就把牙咬得紧紧的。

不记得阿爸打了多久，阿午只记得日光都退了，天要黑了，他希望天一下子黑到底，没人看得到他。后来，阿嬷来了，抢了阿爸的竹枝。往回走的时候，阿午才感觉两条腿热烘烘，有点拖不动，进篱笆门时，他摔倒了。阿嬷半拖半抱着他，骂阿爸，有这样打的吗？你打仇人呀。阿嬷的声音里带了哭腔。阿爸说，这种事不能轻饶。

当阿爸说"这种事"三个字的时候，阿午觉得肩膀往下一压，他真想蹲下去，缩成很小很小，藏在某个墙缝里，寨里人都知道了，阿午因为这种事被打。对以后的日子，阿午害怕起来。

阿午后悔了，那时候他就害怕的，这只手做什么还要伸出去，他用左手掐自己的右手，掐得手发起抖来。

那天阿午是想跟阿嬷拿一点的，阿嬷平时常给他一角两角，他可以多要几角钱的。阿嬷刚好不在，一定去三姆家帮忙了，阿午怪自己太笨，没直接去三姆家。阿午搬张板凳，拿下阿嬷吊在梁上的竹篮，翻出一块糖糕吃了，又喝了水。

阿嬷还没回，阿午准备走，晚一点再来，走出门槛时，阿午转了下头，看见阿嬷的床，枕头好好地放在那里，阿午的心跳起来，他吓了一跳，他从不这样的，他应该很快走的，跑开了就好了，可阿午没有，把迈出门槛的一只脚收回去，走回床边，盯着那个枕头。

每次阿嬷给阿午钱，就会翻开枕头，枕头下有个布包，打开布包，里面有两个小包，阿午知道，一个装的是零钱，另一个有十块钱的大票子。阿嬷打开装零钱的小包，拿出一角钱或两角钱，说，别让你阿爸阿妈知道。阿嬷拿钱从不避着阿午，阿午也觉得自己不用避着的。

那天，阿午希望阿嬷平日是避着他的，他生着自己的气，可手伸出去了，想着陈立兴拿饼干让勤弟说出秘密研究所的样子，想着阿绿和春顺跟着自己的样子，伸向那个装大票子的布包。

阿午的手抖着，翻开那个布包，两张十块的，两张五块的。阿午的喉咙烫起来，他抓了两张十块的，顿了一会，塞回一张十块的，重新拿了一张五块的。出门的时候，阿午被门槛绊着摔了一跤。后来，阿午总反悔那一跤怎么没把他摔醒，要是他起来后走回屋里……

从小到大，阿爸打了他那么多次，这一次是真怕的，有一种说不出的难过，等阿午长大后，才懂得那种感觉叫作屈辱，以至于多年后他到县城上高中，连暑假也不太喜欢回老家，特别会绕开隔寨那个小卖部，那时，阿爸曾拉着他去小卖部对证，看他用偷来的钱买了些什么。没错，是偷，阿午想到这个字脑袋就嗡嗡响。

那天晚上，阿嫲要把阿午带到她那边去，怕他留在家又要吃阿爸的竹枝，阿午死也不肯动，屁股粘在矮凳上，恨不得变成那张矮凳。阿嫲骂阿爸，说孩子被他打傻了。阿嫲不知道，那时阿午希望她快点回去，她愈在这，他愈难受。

阿午半夜在床铺里坐着，我在窗外小声喊他，他跳下床，偷偷开门出来。阿午那个世界的夜真黑，可是我不害怕，在黑里站一会，黑就透明了，看起来像美术书里一幅水墨画。阿午在竹林边选了块草地，我们坐下。他很久不说话，我问，你的脚还痛吧？阿爸从来没打过我，我想象不到那是什么感觉。

别提那个。阿午说。

我想说我自己的事。我说。很奇怪，看到阿午的事，我就想到自己的事，想说，甚至有点高兴，能把那些事说出来，我原以为那些事从今以后是秘密了，连日记也不能记的。这秘密老是自己藏着，我害怕。

阿午不说话，可他转脸看着我，我知道说给他听没错。

你知道，我是班里的好学生，是不能犯错误，不让老师批评的，那样会很奇怪，所有的人会吃惊，好像你变成另外一个人，会弄得你都认不出自己的。可我犯了错误，很大的错误。我停了一下，阿午没出声。

那天，爸爸妈妈都要加班，让我放学后在班里等他们。同学们走光了，我做完作业，和几十张桌子椅子待烦了，就跑到黑板上乱画，画烦了又绕着桌子椅子走，走着走着跑起来。跑到教室最后一排，我想起前几天看的武打片，那个大侠的动作真是漂亮极了，我手比画起来，身子带着腿旋转，最后把全身力量集中在腿上来一个无影脚。那一脚落在一张课桌上，桌倒了，把一整组的课桌都压倒了，砰砰砰，砰砰砰，声音在教室里响个不停，好像不会再停的样子。我吓呆了，等清醒的时候，教室门外站了一个人，是魏梓生，他看我，又看桌子，再看我，再看桌子。我试了几次，才说出话，我，不是故意的。

我踢中的那张桌子是他的，他走过来，从地上捡起忘带的水壶。我发现魏梓生的课桌坏了，整个桌肚子掉下来，一条腿也断了，我吓坏了，没想到自己那一脚那么厉害。魏梓生弄了很久，桌肚子那块木板没法再安上，课桌也一晃一晃的。我又说，我，不是故意的。魏梓生耸耸肩，他总是这样，考试不及格了耸耸肩，和同学发生矛盾了耸耸肩，被老师批评了也耸耸肩，什么都无所谓的样子。可我有所谓，我该怎么向老师交代。管它呢。魏梓生扔下那块木板，开始扶课桌，我才想起去扶桌子。

扶好课桌，魏梓生就走了。我捣鼓了半天，没办法让魏梓生的桌子站稳，也没半天把桌肚子安回去。

第二天进教室我一直没抬头也没抬眼睛。班会课，老师果然很快提到魏梓生那张课桌，值日生一大早就发现并且报告了。老师说，看起来课桌不是因为老旧磨损坏的，是被人破坏的，而且很严重，完全没法再用，得上报学校，重新换一张课桌。我差点站起来说我把课桌换给他，不要报学校了。可我两只手死抓着课桌，不让自己动一动。

老师让魏梓生站起来，问他怎么回事。我把头扣在桌面上，等老师下一句话：冯正申，你说。

很久，我没听到声音。

魏梓生。老师又说，声音有点高了。

周围的同学都往后扭着脖子，我悄悄向后看，魏梓生站着，和他以前没完成作业被点名一模一样。

课桌陪着你，你读书、写字、听课都靠着它，魏梓生。老师缓了缓口气，说，这一学年，它是你的课桌，明年，它会成为另一个同学的课桌。

我不是故意的。魏梓生很小声地说。

我猛地扭过头，他好像看了我一眼。

　　阿午，我该站起来的，可是我没有，两只手还抓桌子抓得更紧了。老师让魏梓生先坐下，下课后去他办公室。阿午，本来我还有机会的，不敢当着全班同学的面说，至少下课可以到老师办公室说清楚，可我去厕所洗手后就一直待到上课。

　　魏梓生换了张新课桌，只能上报到学校总务处，他受了批评，写了检讨书。没人怀疑这件事，魏梓生总是违反纪律，老师和同学们都习惯了。可那个月，因为这件事，我们班没评上文明班级，连整个学期的文明称号都受影响，同学们对魏梓生很生气，说是被他拖累的，魏梓生还是耸耸肩。

　　那几天，我一直在找机会，终于在体育课自由活动时间找到机会，魏梓生打了一会球后去上厕所，我跟了去，小声说，对不起。魏梓生好像吓了一跳，看了我一会，才说，没什么啦。他冲我笑笑，他是想跟我做朋友的，一直想，特别是前段时间我玩魔术的时候，他挤在同学堆里，看得眼睛一动不动。我不看他的笑，弯腰洗手，对着水龙头，说，班里的同学……魏梓生呵呵笑起来，小事，反正总是这样的。

　　洗过手，我很快走了，很怕魏梓生跟我一起走。从那以后，魏梓生碰见我就看我，还笑笑，要走过来的样子。我很快点点头，很快走开，我不想跟他做朋友。以前是没想过，我和他同班几年了，一向没怎么说话，可现在我是害怕他。

　　阿午，说真的，我害怕他，他帮了我那么大的忙。我烦恼地对阿午说，可我不想看见他，看见他我就想起那件事。阿午，我是胆小鬼。同学们都觉得魏梓生不是好学生，我比他还差。

阿午低着头，手抠着草，小声说，也不是这样说的。

阿午的话让我高兴。

我明天要去找阿嬷。阿午突然丢了草，站起身说。

我也站起来，看着阿午，在夜里待久了，我看得很清楚，阿午的表情变了，有点怪，眼睛却有点高兴。我想了想，说，新学期开始我要和魏梓生做朋友，我不怕他了。

阿午笑起来，脸黑黑的，牙齿白白的。

二十九

阿午半夜敲风伯的门，风伯给他开门后就转身点灯。风伯就这样，让人自在，阿午还是边进屋边说，阿爸去县上干活，阿妈忙着顾阿弟，不会知道。

风伯给阿午倒了杯水，阿午几口喝光了，放下杯子后他突然不知说什么，看风伯卷烟、点烟、抽烟，想，烟虽然难抽，有这么点事在手上也不错。他的事风伯一定知道的，整个寨子都要知道了，阿午胸口又闷起来，刚才就是这块硬硬的闷气压得他睡不着。

我明天想去找阿嫲。阿午自己先开口，可不知跟阿嫲说什么。

你没想好做什么。风伯说。

做什么？阿午不明白。

风伯只管抽烟，不出声。坐了一会，阿午说，很闷，屋子闷，我胸口闷，鼻子闷。

风伯拿了一个蛇皮袋，在屋子角落摸什么东西，装在袋里，说，出去走走。阿午噗噗吹了灯，三跳两跳窜到门口，早等风伯这句话了。

风伯带他往田野深处走，阿午看见风伯的脸仰起来，跟着仰起脸，星星多极了，挤满天空，看久了，阿午会错觉周围吱吱吱热闹成一片的虫声是星星在叫。每次晚上跟风伯出门，他都很喜欢这样仰着脸看天，在家也一样，夏天他坐在屋外，冬天他坐在门槛边，翘着下巴，边抽烟边看天，阿午很小的时候问他看什么，风伯笑了笑说，天、月，还有星。他指给阿午看，阿午看了一会就烦了。可等阿午大一点，风伯看天的时候他也忍不住抬头看，还是天、月、星。阿午问风伯看这些做什么，从小到大总是一模一样。

你以为日子就不是一模一样？阿午听不懂。风伯说，看着这些很远的东西，日子里的东西也会远一些轻一些。

今天晚上，阿午突然想起风伯这句话，他盯着满天的星看了好一会，白天的事好像真的远了。他说，风伯，你的办法挺好。

风伯问，什么办法。

阿午卖关子，你不用知道的。

风伯不再问，还是那样大步走着，路面的砂子沙沙啦啦地响，阿午想象要是倒着走在天上，鞋底睬着星星是什么感觉，石子一样硌人吗，会不会凉，也有这样的声音吗？多年以后，阿午发觉，当时他想着这些时，已经忘掉了白天的事。

走过一片池塘时，阿午看见很多萤火虫，停下来伸手去捧，风伯便停住脚等他。和风伯在一起就是好，他想做什么，风伯都正正经经对待，从不说这是小孩耍的玩意，也不像别的大人那样不耐烦。阿午掌里捧了两只，扣着，眼睛凑近从指缝里看，问风伯，萤火虫老这么闪着做什么？

能这么闪着才是萤火虫。风伯说，要不能这么闪，可能你们都不知道有这虫。

阿午觉得风伯答得有点绕，不过他很满意这个答案，展开手，看两只萤火虫一闪一闪飞远去。风伯说过，萤火虫是从粪坑里出来的，吃很臭的东西，那时阿午一点也不信。现在，他觉得萤火虫很厉害，从那种地方出来还这样好看。

风伯又在卷烟，好像忘了走。阿午问，我们去哪里，就在这看星星，看萤火虫？还是去游水？

风伯深深吸了口烟，说，看了这些亮的，去看看暗的吧。

暗的？阿午好奇起来，这夜还不是暗？

风伯拐了个弯，往另一个方向走。

他们来到溪边那片竹林外。阿午说，真是来游水呀。风伯不说话，很快钻进竹林，走远了，阿午刚跟进去，已经看不到风伯。竹林里黑极了，星光被竹叶挡住了，黑好像挤在一起，浓密起来，阿午伸手在鼻尖前晃了晃，只感觉到晃出的一丝风。阿午喊了一声，风伯，你在哪？

风伯没答话，阿午竖起耳朵听了一会，开始还听到风伯的脚步和带动竹枝的声音，接着什么也听不到了。

风伯。阿午又喊一声。

竹林里静极了，阿午听见自己在喘气，他想，风伯摔倒了吗？没听见呀，也不可能摔得说不了话吧。阿午不动，想等黑淡一点再走，或许风伯发现自己没跟上会回来。站了好一会，暗还是那样暗，风伯一点声音也没有。

不就是竹林吗？阿午对自己说。他试着往前走了几步，可有点迷糊了，怕走错方向，要是横着走，就绕不到溪边。这片竹林和寨子边的竹林不一样，这一片密得多，杂草也又高又多，还有很多干竹子弯着横着，沿着溪边没有尽头的样子。

风伯今晚是怎么了，阿午摸索着又动了几步，再喊，风伯，风伯。

竹林里来了一阵风，呼呼的，阿午的皮肤绷紧了，脚让一根细竹绊了，摔了一跤，急急地爬起来，他的手触碰到地上的乱草和泥沙，有种怪怪的感觉。

阿午害怕了，直着喉咙大吼，风伯，风伯……

往前走呀。风伯突然应声了，在很远的地方，应该已经走出竹林在溪边了吧。

阿午很高兴又很生气，嚷着，太黑，走不过去！

你怕黑！风伯也喊起来，这竹林你没走过吗？要我去背你？

阿午有些不好意思了，这竹林他不知多熟了，暑假更天天钻过这里去溪里要水，闭着眼睛也能过去的。可阿午觉得闭着眼睛是白天的事情，他没想到晚上这里这样黑，黑好像把竹林间的空隙全塞满了，堵住路，他认不得这竹林了。他又试着往前走几步，磕磕碰碰的。

风伯，没法走。阿午又喊。

和白天不一样吗？风伯喊，以前怎么走现在也怎么走。

阿午想，风伯说得对，竹林和白天是一样的，想起白天的竹林，一点也不怕了，同一个竹林，做什么要怕。可奇怪得很，阿午要迈步时没法像白天那样痛快，现在和白天是不一样的，现在太黑。他把这个想法冲风伯嚷回去，一直很好说话的风伯这次说什么也不回来带他，又嚷，黑有什么，又不会咬你又不会打你，你闭着眼睛睡觉还不黑吗？阿午没法驳风伯的话，但还是没法好好走。

自己走出来。风伯最后说，还是以前那路，不会丢的。

阿午再怎么喊，风伯都不出声了。有一段，阿午甚至怀疑风伯走了，顺着溪边往上或往下，把他丢在这里了。他害怕起来，拼命往前扑。

最后看见一片亮的时候，阿午看见风伯的影子，坐在溪边，说，不是走出来了吗？

很长一段时间过去了，阿午还哆哆嗦嗦的，像冻坏了，他有点赌气地对风伯说，我自己走出来的。

风伯说，我没说你走不出来，是你自己说的。

阿午呆了一呆，有点得意起来。

风伯开始点火，阿午才发现风伯身边已经收了一小堆竹枝竹梢。火很快燃起来，风伯把番薯和花生排放在火堆边，交代阿午记得翻，他自己拿刀削起竹枝，一会，弄了个支架，在火堆上方架了捅炉灰的铁棍。阿午惊讶地说，风伯带这个来做什么。风伯冲阿午鬼鬼地笑，手伸在蛇皮袋里，让他猜会拿出什么来。阿午几次没猜对，风伯手伸出来，阿午兴奋地尖叫起来，一块五花肉，他瞄一眼就知道比风伯的巴掌还大，有两指厚。

哪来的哪来的？阿午一迭声地问。

风伯说隔乡有熟人家里办丧事，去帮了几天忙，得了肉和糖，肉现在就烤了吃。他把肉用烧火棍穿了，横在支架上，火开始一蹿一蹿地舔着肉块。

就这么吃？阿午手指惊讶地点着肉块。要知道，平日吃肉得小口小口，配着粥吃的，如果有肉，阿午和阿姐吃一碗粥可以得两到三片肉。风伯这种吃法让寨里人知道了，会被骂败家的。

肉就是用来吃，怎么吃有味怎么吃。风伯呵呵笑着。

烤肉的过程，阿午一直在吞口水，吞得口都渴了。风伯问，没这样吃过肉吧？阿午盯着肉，摇摇头，没。

肉是你的，想怎么吃是你的事。风伯说，自己的事觉着痛快就好，别人的事不能乱来。阿午垂下头，他知道风伯说什么。

烤好的肉割成小片，沾了酱油，配着烤番薯吃，阿午在香里忘了世界。

吃完，火熄了，晚上突然比以前更静，阿午又想起白天的事，更闷，好像刚才的肉香让这件事变得更令人羞愧。

黑暗里，风伯看着他，好像能看清他心里所有的东西。风伯说，肉是我们自己的，怎么吃都不过分。

风伯又说，要是过分的事做下了，得看着它，想想办法。

那时，阿午听得迷迷糊糊，但他在日记里记下这些话。长大后，阿午明白了，他突然想，风伯是他另一个阿爸，他是多么幸运。

那时，风伯卷着一支烟，突然说，我讲件事：

我不想成家，年轻时以为是自己的事，慢慢才知道要很多人成全的，为了这事，阿爸阿妈操的心没人算得清。阿妈去世前病在床上，每天扯着我手，要看我的媳妇。有一次，我被催得没法，随口说快了快了，对象谈着了，会成家的。阿妈当真了，每天盯着屋门看，要我把对象领进来。我慌了，想来想去，找了个女人来混，给阿妈看一眼。这件事我过分了，那女人是我隔镇一个朋友的老婆，我朋友去世两年了，留下她和一个孩子。我跟她谈起阿妈的事，她说由她假扮我的对象，说她是隔镇的，没人认识，也算还我人情，因为朋友去世后，我是照顾过她母子俩的。我不想别的，只想着她就是还我人情。

我把她带到阿妈面前，阿妈把自己的银手环从怀里摸出来，戴在她手上，让我以后带她去上坟，然后笑着闭了眼。我骗了阿妈，有好几年，清明节我都不敢去给阿妈上坟，不知怎么对阿妈说话。阿兄阿嫂问我是不是一辈子不给阿妈上坟，我吓住了，才准备了供品纸钱偷偷去看阿妈，把这件事在坟前说了。那天，坟山上一个人也没有，阿妈也没法出来骂我了。阿妈没骂我，我不踏实，可我哪里找一个阿妈来骂我？

对不住的人还有她。她不单是还我人情的，她说进我家的时候以为会假戏真做。她戴了我阿妈的银手环，我也不好意思要回来。我再送东西去她家，不停地说是因为死去的朋友，我们一向要好，不忍看她孤儿寡母的，她只是笑，笑得我头都抬不起来。

风伯突然不出声了，又卷烟，卷了很久卷不成。阿午从没见过风伯这样子，又想听后面的事，这件事是寨里人不知道的，他问，后来怎么样？

后来，我给她介绍了一个人，也是我的朋友，因为家里穷，拿不出彩礼，一直没成家。我给他办了彩礼，他娶了她。我帮忙买了几只猪仔，让他们养猪成家。他们成家后，我就很少去了，那只银手环她还戴在手上，我怕看到。

这是我该得的。风伯喃喃地，声音变得很轻。

又静了很久，风伯把烟头扔掉，清了清喉咙，换一种声音说，阿午，我说的这些你可能听不懂，不过你知道了，我也有不好的事，以前不敢说，现在对你都说了，就像我刚才的那句话，有这样的事，你得看着它。

阿午似懂非懂，不过他觉得好受多了。他突然说，风伯，我要把钱还给阿嬷，你能借一点给我吗？

风伯走过来，蹲在阿午面前，说，阿午，你听懂一些了。不过，我不借钱给你。

阿午呆呆看着风伯，他不是这样小气的人。

我以后会还你的。阿午想了想，说。

风伯转过身，看着溪水，说，我不会借钱给你，别的事你可以问我。

风伯说完收拾东西走了，把阿午丢在溪边。夜晚还没有过去，竹林还是黑的，风伯已经钻进去走了。阿午只好又自己摸过去，不过，这一次他不叫不嚷，静静站了一会，竹林里的黑好像不那么浓了，他伸长双手，边走边探着路，很快走过去了。

三十

早上，阿午走出门就碰到阿绿和春顺，他没再躲，说，你们去耍吧，我要去找阿嬷。阿绿仔细看阿午的脸，阿午笑笑说，没事。

勤弟和大果也来了，蹭着脚，望了一眼阿午，脖子就垂下去。阿绿手在衣袋里掏了一会，掏出贴纸和小刀，说，阿午，还你，糖和米酥条我吃了。勤弟和大果也把东西掏出来了。春顺碰了碰阿绿他们，说，这是阿午给的，别还。

阿午的脸红涨起来，我给你们的，你们不要就扔掉。

阿绿他们吓得把东西往袋里塞。

你们去耍吧。阿午又冲伙伴们笑了一下，我真要去找阿嬷，有事。

向阿嬷的屋子走去时，阿午走得轻松极了，愈走愈快，很快跑起来，他要去做一件事，他突然觉得这件事是这个夏天最要紧，他最该去做的事。

阿午喘着气立在阿嬷门口时，还好，阿嬷刚从三婶家回来，正要去阿午家看阿弟，阿午想自己跟阿嬷说。阿嬷扯他进门，弯腰看他的腿，嘴里呀呀喊着，下手这么重，你阿爸昏头了——阿午，你也是，想买什么跟阿嬷说……

阿嬷，我把钱还你。阿午抢过话。

阿嬷往他肩膀上一拍，还什么还，长本事了？

我要还。阿午扬着头，我能还的。

好，你还。阿嬷呵呵笑，等阿午挣了大钱，还给阿嬷金公鸡银母鸡——吃了吗？我给你炒个蛋，要是慢一步，就全部带给你阿妈和三婶了。

阿嬷，钱我现在就去挣，不等长大后。阿午拦在阿嬷面前，希望她听自己说话。阿嬷应着好好好，身子一侧，到灶前炒鸡蛋。

昨晚回来后，阿午就躺在床里一直想，想出主意时，手在床铺上一拍，把隔铺的阿姐拍醒了。可能因为他被阿爸打了，阿姐没骂他，只嘀咕了两句。

从阿嬷家出来，阿午直接往山上走。他半跪半趴着，顺着山脚找过去，老鼠耳、车前草、蛇舌草，只要认识的青草就拔，特别蛇舌草是最好销的，小叶子的蛇舌草又比大叶子的更受欢迎，拔下的青草装在袋子里。阿午收获不小，他很得意自己的推测，偏远一点的地方青草果然多一点，寨子附近早让阿婶阿姆们找光了。阿午还想过摘麻芽的，这个时节麻芽好卖，可附近没有大块的麻田，很少的小麻田早让人摘个干干净净，寨里的阿婶阿姆是背了大麻袋带了饭团到远远的山里摘的，阿午找不到那样的地方。

日头比阿午想象的厉害，衫子很快烫了，汗湿了，咬着肩背，又痛又痒。头发里像有烫红的蚂蚁在咬，阿午拍拍头顶的发，好像有烟冒出来。不知怎么的，阿午觉得这热很好，他身上难受可心里舒服。

接近正午时，阿午手腕上的袋子满了，掂了掂，似乎还有点分量，他下了山，往隔寨赤脚洪的医寓跑去。

赤脚洪翻了翻阿午的袋子，说青草很好，还细心地分了类，分捆绑好。

阿午笑了，我下午再去找，明天也去找。

赤脚洪摇头，这一袋我收了，以后不要了，这些青草好是好，可我这里用得少，哪家要用了走出门去，田边地头找一找就有，没人来我这么买青草。赤脚洪给了阿午几角钱。

阿午捏着钱，愣了愣，竟脱口而出，我需要钱。

赤脚洪看了阿午一会，说，青草要是拿到镇上就卖得出去，镇上的人没处找青草，也惜身，特别是这样的大热天，会时不时熬点青草水败火。再说，在镇上也卖得起价钱。

阿午的眉角亮起来，怎么卖？

像卖菜卖番薯，摆在路边就行。

往回走的路上，阿午想象了自己蹲在镇上街边卖青草的情景，又新奇又害羞，最后他觉得有些不靠谱，镇子是陌生的，再说有人买么吗？还有，阿爸要是知道了……这时，阿午远远看见风伯在寨外的屋子，猛地冲那个屋子跑去。

风伯正在煮饭，见了阿午喊他中午一起吃，前两天得的肉还有一点，放在饭里一起焖。不用说，阿午是无法拒绝的，他蹲在灶前帮风伯烧火，仰着脸冲切着肉的风伯问，风伯，你什么时候去镇上卖烟丝？

收了烟叶晒好就去卖。风伯说，这一段刚好收了一些，打算过两天去。

阿午双手在膝盖上一扣，太好啦，这两天我会找到很多青草的，到时托你去卖。

托我卖？

卖青草呀。阿午拿竹枝在地上比画起来，青草摆在你的烟丝旁边，有人买烟丝就看到青草了，赤脚洪说青草在镇上很好卖的。

你卖青草做什么？

我还阿嬷钱。阿午低下头看灶里的火。

好主意。风伯点头，笑了笑，但他又说，做什么要我卖？

你卖烟丝顺便卖青草。阿午很惊讶，这对风伯来说不算难事，他为什么不肯。

是你要挣钱还阿嬷。风伯说，你自己卖。

吃饭的时候，风伯说阿午可以跟他一起去镇上，他卖烟丝，阿午在一边卖青草，他俩做个伴，让阿午这几天赶快准备青草。听见有风伯陪着，阿午心安了很多，但他又想起什么，担心地问，我去卖青草，阿爸会不会打我？

风伯摇摇头，不知道。

我不敢跟阿爸说。阿午看着风伯。他以为风伯会像以前一样，呵呵一笑，说这算什么事，我帮你去开口。风伯总是这样，愿意为小孩的事跟大人开口。可现在风伯不睬他，大口吃饭。

我偷偷去卖。最后阿午说。

还是先说一句比较好。风伯说，你怎么就知道不成？不成也要说，自己说。

阿午想了一下，就算说了阿爸要打他，说到底他是不怕的，因为这事被打，阿午觉着没什么，怕的是阿爸不让他去。他把这个担忧告诉风伯，风伯说这个不管，让他自己先跟阿爸谈，能不能成是另一回事。

事后，阿午觉得风伯是对的，甚至认为风伯肯定早想到结果了。他抖着声音把打算告诉阿爸，提到还阿嫲的钱，阿爸没有找竹枝，没有举起巴掌，只是盯着阿午，看得阿午后背发冷的时候，点了点头。

阿午飞奔着把这个消息告诉风伯，他很奇怪，不知阿爸这次怎么会同意他去卖青草，若是以前，肯定不让的。风伯说，这次是这次，以前是以前。

风伯又向阿午提了个建议，除了青草，还可以卖点别的。

别的？我想过麻芽的，可麻芽难采。

想想你自己。风伯提醒，除了东西，还能卖手艺的。

我能有什么手艺。阿午更糊涂。

你的铁丝枪绞得不错。

铁丝枪能卖？

说不定比青草更好卖。风伯说，铁丝枪在镇上是新奇的，镇上的孩子会喜欢，镇上的阿爸阿妈也舍得给孩子花钱，花得起那个钱。

　　阿午哈哈哈笑起来，风伯，你主意多，我现在就做。阿午风一样跑出风伯的屋子。

　　半天后，他跑回来，垂着头，家里没铁丝，外面肯定找不到，就算真能捡到一些旧铁丝，也生了锈，绞不成铁枪，也没人会要。

　　我有铁丝。风伯从床下摸出一卷，足够你绞好几把铁枪的。阿午窜过去，整个人钻进铁丝圈。

　　风伯说，铁丝不是白给的，卖了铁丝枪后，铁丝钱还我，我买的时候花多少，你还多少。

　　阿午觉得风伯变小气了，他说，还就还，铁丝枪卖得出去，我怕什么。

　　那几天，阿午白天找青草，晚上到风伯屋里绞铁丝枪。风伯绞铁丝枪的手艺比阿午更好，又更快，以前常帮阿午绞，但这次他不帮忙，只在一边抽烟喝茶打扇子，偶尔建议阿午在枪托绞一个小五角星。阿午的手被铁丝弄伤，风伯捣烂青草叶子给他缚上绷好，一点也不提帮忙绞铁丝枪的事。阿午也没向风伯开口，这几天他慢慢明白，风伯不是变小气，这件事风伯要他自己做。多年后，阿午整理日记时，想，该跟风伯说声谢谢的。

　　这些天，伙伴们来找，阿午总说有事，又不肯说什么事，怕他们跟着，很早就躲出去，有时他天不亮去挑竹梢，顺便在山上找青草，中午再一块把竹梢挑回家。伙伴们疑虑重重的，可阿午又很高兴的样子，说以后再谈，让他们尽管去要好了，他甚至对陈立兴也不挥拳头了，大果说，陈立兴叫勤弟不要理阿午。阿午听了只是笑笑，说，随便他。

阿绿说，阿午不一样了。

春顺说，这次是真的不一样。

阿午不跟我们耍了吗？大果问。

春顺摇摇头，不像，阿午现在很高兴，可能以后会说的。

跟风伯去镇子的前天晚上，阿午待在阿妈屋里，和阿姐抢着抱阿弟，捏阿弟的小手，让他喊阿兄。

阿兄，阿兄。阿午鼻尖对着阿弟，一遍遍教着，这么教着，阿午突然有了当阿兄的感觉，他更高兴更大声地念，阿兄，阿兄，阿寅，你喊，喊阿兄。

还阿兄哪。阿姐冷笑，没抢到阿弟，她还生着气，你这样子当得了阿兄？

我就是阿兄。阿午手指点着阿弟的下巴，阿寅，我是你阿兄。

晚上睡觉之前，阿午突然掀开帐子，说，阿姐，这件事做完后，家里的活我帮你多干。

阿姐哧哧地笑，你的大炮真响呀。

我是说真的。阿午认真地说。

阿姐放下蚊帐，不睬阿午。阿午冲着阿姐的蚊帐说，就看着吧，你是阿姐，我可是阿兄。

直到和风伯把摊子摆好，阿午才确定自己是真的卖东西了，风伯面前是烟丝和番薯，他面前是几袋青草，几把铁丝枪。他们很早起程，一路进镇，阿午身子都轻飘飘的，他对风伯嘻嘻笑，我们去做生意。风伯也笑，说不定从这笔生意开始，阿午以后要变成一个大生意人。阿午脚底几乎要滑行起来。

他们的摊子摆在进镇的大路边，风伯说不能再往镇里走了，再往里的地盘大多是人家经常摆，已占定的，我们偶尔来一次，不能占人家的地。别看这里摆摊的不多，可进出的人不少。阿午觉得风伯什么都懂，他想象若是自己来会怎么样，最终想象断了，在想象里他都没有办法。

两人坐着，风伯一直在卷烟，抽烟，阿午很着急，看住每一个路过的人，没有一双脚停下来，没有人往他的青草和铁丝枪看一眼，他从来没有这样用心观察过陌生人，猜过别人的心思。他捅捅风伯的胳膊，问，为什么没人买？

等。风伯说。

于是阿午又盯住行人。

风伯说，你也可以吆喝，吆喝了有人会停下来看看，有人看就有机会，有些原本没想买的人可能也会买。

怎么吆喝？阿午问，其实他知道，到寨里喊卖豆腐卖饼干补锅修灶收废品的每年不知有多少，都是高声吆喝的。

风伯说，你知道的。

阿午张了张嘴，羞得喉咙缩住了。

有人买风伯的烟丝，接着又有人称走了风伯的半袋番薯，看起来都是风伯的熟客，不用多说，清楚风伯的东西好。阿午更急了，一急喉咙一张，声音出来了，青草，卖青草，还有好看的铁丝枪——

阿午自己呆了，风伯笑着点头，就这样。

果然，有两个女人围过来，看样子是镇上人，风伯小声说，铁丝枪也可跟这两个说说。

两个女人都买了青草，阿午拿起一把铁丝枪笨拙地晃晃，好看，小孩喜欢。他没想到其中一个女人接过铁丝枪，左翻翻右看看。

我买了。阿午觉得过了半天，终于听见那女人说。

接近正午时，阿午几袋青草卖掉了一袋，铁丝枪卖了一把。草帽好像变薄变小了，根本遮不住人，日头硬邦邦扎着身子，衣服被汗水弄软又被日头晒硬，硌得难受。风伯从蛇皮袋里摸出两个饭团，两个熟番薯，一小包咸菜，说，中午就在这吃，熬得住？

当然。阿午接过饭团，大咬一口。他仰头，眯着眼望向日头的方向，想，这个夏天真热，不知道这些青草和铁丝枪能不能卖出去。

三十一

　　没有了，《琉璃夏》就写到这里，我翻了笔记本剩下的几页，全是空白的，后来怎么样了，阿午的青草和铁丝枪都卖出去了吗，有没有凑够还阿嬷的钱，他那个收集日光的大伞还做吗……阿午的日记就写到这了？阿午长大后怎样？我去找爸爸，问还有没有另外一个笔记本。爸爸摇头说就这一本。我把所有的问题向爸爸抛去，爸爸说，这不关我的事，《琉璃夏》你看了，看到什么，想知道什么是你的事。